U0540389

Haruki
Murakami

パン屋再襲撃

再袭面包店

[日] 村上春树 著

林少华 译

上海译文出版社

目录

失踪的不仅仅是象　　　　　　　　　　001

再袭面包店　　　　　　　　　　　　*001*

象的失踪　　　　　　　　　　　　　*024*

家庭事件　　　　　　　　　　　　　*051*

双胞胎女郎与沉没的大陆　　　　　　*095*

罗马帝国的崩溃　一八八一年印第安人起义

希特勒入侵波兰　以及狂风世界　　　*121*

拧发条鸟与星期二的女郎们　　　　　*130*

失踪的不仅仅是象

这部短篇集所收六个短篇是村上1985年集中写的,翌年由文艺春秋社结集出版,是继《去中国的小船》(1983)、《遇到百分之百的女孩》(1983)、《萤》(1984)、《旋转木马鏖战记》(1985)之后的第五部短篇集。在此之前他刚刚出了《世界尽头与冷酷仙境》那部长篇。写长篇是极其累人的活计,村上也不例外。从心智的储备到体能的库存都被劫掠一空,整个人被彻底掏成空壳,使得他根本不可能迅速重整旗鼓投入下一部长篇的创作。但村上毕竟是个有使命意识的勤奋作家,不可能整天坐在沙发上对着天花板打哈欠或带着夫人满世界撒欢儿游山玩水。那么他做什么呢?做两件事,一是翻译,主要翻译美国当代作家的作品,他还是个很不错的翻译家;二是写短篇,或者把长篇创作过程中没有用完的"边角料"投入短篇这个模具中使之成形，或者把稍纵即逝的纷纭意念及时捕捉下来以备他日之用。对于前者，村上称之为前一部长篇的"产后性因素"，对于后者，则称之为下一部长篇的"胎动性部分"。例如此集中的《双胞胎女郎与沉没的大陆》显然属于前者，《1973年的弹子球》中的双胞胎女郎208、209在这里重新出场；《拧发条鸟与星期二的女郎们》无疑相当于后者，几乎原封不动"粘贴"在七年后的《奇鸟行状录》的第一章。其他如《街，以及不确切的壁》后来发展成了《世界尽头与冷酷仙境》，《萤》后来繁衍出了《挪威的森林》。不妨说，村上的短篇，无论在题材上还是时间上都是两部长篇之间的过渡。过渡需三年左右时间，所以他大体每隔三年推出一部长篇。

村上在为1990年刊行的《村上春树全作品1979—1989》第8卷写的题为《新的胎动》的"创作谈"中，谈到他的短篇小说的师承。他说他在短篇创作方面有三位老师：司各特·菲茨杰拉德（Scott Fitzgerald）、杜鲁门·卡波蒂（Truman Capote）和雷蒙德·卡佛（Raymond Carver）。这三人的短篇他看得非常仔细，也热心译了不少，对其手法了然于心。然而写出的东西却又和他们没有具体

| 失踪的不仅仅是象 |

相通之处。"归根结底,我从他们身上学得的,大约是他们写短篇小说时的姿态和精神。我从菲茨杰拉德身上学得的(想要学得的),是其震颤读者心弦的情感;从卡波蒂身上学得的(想要学得的),是其令人讶然的行文的缜密和品位;从卡佛身上学得的(想要学得的),是其近乎禁欲(Stoic)的真诚和独特的幽默。短篇小说这一形式,假如写得非常巧妙,是可以把这些充分传达给读者的。"

缜密、真诚、幽默、动人心魄和不失品位——我想这应该视为村上短篇小说的创作目标或其力图达到的境界,而这部《再袭面包店》是他几部短篇集中最出色的一部,其中以书名同题的《再袭面包店》和《象的失踪》被公认是其短篇中的经典之作,甚至有的读者据此认为村上短篇比长篇写得更好,更能显示他的创作才华。

先看《再袭面包店》。既是"再袭",那么理应有"初袭"在先。是的,村上1981年写了《袭击面包店》,故事梗概"再袭"中已经有了。需要补充一点的是他和同伴手拿菜刀袭击的是一位五十多岁的日共党员开的面包店。此外还有"演说"、"思想"等字样出现,而"再袭"之际这些字眼统统消失了。没有消失的只是"紧箍

003

咒"(のろい)。"再袭"即是由"紧箍咒"引起的：

"假如像你说的，果真是紧箍咒的话，"我说，"我们到底该怎么办好呢？"

"再抢一次面包店，而且立即行动。"她斩钉截铁，"此外别无解除紧箍咒的方法。"

那么，"紧箍咒"是从哪里来的呢？从瓦格纳——"我"和同伴老老实实坐着同店主人一起听瓦格纳，作为交换，我们得到了想得到的面包。而其潜台词是："我们"本来想用一次抢劫行动来反抗劳动与货币交换这一资本主义根本法则，岂料在结果上仍落入了"交换"的圈套，不同的只是代之以听瓦格纳罢了。也就是说"我们"仍未逃出"交换"这一资本主义法则。于是"我"觉得自己被"闪"了一下，受到了嘲笑和愚弄。更严重的是很多事情都以那一事件为分水岭而发生了变化。"我"大学毕业后，一边在法律事务所工作，一边准备参加司法考试，并且结了婚，"再也不想去抢面包了"。这意味"我"由一个资本主义法则和秩序的反抗者因此变成了体制内的"乖孩子"。尤其具有讽刺意味的是,我现在是在以维护资本主义法则和秩序为目的的法律事务所工作并准备参加司法考试,即进一步主动地把自己嵌入资本主义这个法则和秩序之中。但"我"到底有些不甘心,开始对当时的选择的正确性产生怀疑:"如今想来,当初悔不该听他那个什么提案,而索性按预定方针用刀子吓昏那个家伙把面包一举抢走完事。那样一来,就该没有什么问题了。"

于是,"我"在作风泼辣雷厉风行的妻子的鼓动之下,开始了"再袭"。"再袭"一开始就扑了个空,因为深更半夜根本找不到仍在营业的面包店,只好代以麦当劳。这个更富有象征意味——麦当劳是典型的资本主义符号。好在这回没有出现瓦格纳,故而谈不上"交换"。两人以武力迫使店里的三个人专门做了十五个"巨无霸汉堡",之后把三个人绑在柱子上,"我"和妻子扬长而去。总之,这次作为袭击算是成立了,"袭击"反抗了"交换"法则,我因之得以从体制内的"乖孩子"重返作为资本主义体制反抗者的自己。村上便是这样描写了自我主体性(identity)崩溃的过程以及加以修复的努力,以他特有的笔法勾勒出了力图在高度发达的资本主义社会中保持自我主体性活下去的边缘人物形象，尽管这种努力是荒谬而徒劳的。

《家庭事件》是村上为一家名叫《LEE》的女性杂志写的，自然把读者设定为女性。也许因为这个关系，在他所有短篇之中，这篇是最好读的，轻松，幽默，开朗，甚至带有欢快的调子。虽然着墨不多，但"我"、妹妹和妹妹的未婚夫渡边升三人的个性跃然纸上。"我"不无嬉皮士意味，玩世不恭，机警顽皮，我行我素，同时不失理解和爱心。一同生活的妹妹则注重世俗价值和规范，苦口婆心地劝"我"改邪归正，自觉不自觉地扮演"老妈"的角色，以致"我"想："女人这东西简直同大马哈鱼无异，别看嘴上说什么，终归必定回到一个地方去。"渡边升（《双胞胎女郎和沉没的大陆》中"我"的合伙人和《象的失踪》的男饲养员也叫渡边升）明显是循规蹈矩的专业型人物，虽然所穿毛衣和衬衫的颜色搭配不够协调，但对修理属于其专业范围的组合音响却表现得十分出色。而且，作为村上的小说，其中罕见地出现了家庭这个他一直不愿意写的团体。双方父母齐全。"我"见了妹妹未婚夫的父母并就此向自己母亲汇报。这在村上小说中恐怕是头一遭。文思丰沛，涉笔成趣，栩栩如生。

《双胞胎女郎和沉没的大陆》最初发表于《别册小说现代》。"我"相隔半年在这里见到了《1973年的弹子球》中的双胞胎女郎208、209。是从画报上见到的，两人在名叫"玻璃笼"的舞厅的玻璃桌旁坐着。后来我梦见了她们。两人置身于双层墙的中间，建筑工不停地往墙上砌砖，而两人却浑然不觉。"墙迅速变高——双胞胎的腰部、胸部、颈部，不久将其整个掩没，直达天花板，这是转眼间的事，我完全奈何不得"。言外之意，我们便是不知不觉之间被什么框死、失去自己的。一旦失去，便不可能重新获得，任何人都徒呼奈何。我想这应该是村上在这部短篇中传达的信息和主题。这也是他一贯传达的主题之一。

《罗马帝国的崩溃　1881年印第安人起义　希特勒入侵波兰以及狂风世界》。在这里，村上纯粹是想跟读者开玩笑，篇名虽如此之长，而正文却只有几页。他想说的只有最后出现的一句话："大凡有意义的行为无不具有其独特的模式。"或者反过来说也未尝不可：具有独特模式的行为未必有什么意义。怎么说都无所谓。

《拧发条鸟和星期二的女郎们》——前面说了——在七年后成了《奇鸟行状录》中的第一章，洋洋洒洒繁衍为译成中文都有五十万字的鸿篇巨制，的确可谓"新的胎动"。作为短篇小说来看，几乎同其所有短篇一样，开头突如其来，结尾不知其踪。非日常性对日常性的入侵，虚拟对现实的渗透，彼岸世界对此岸世界的进逼，由此导致主人公生活轨道产生偏差。起始偏差微乎其微，"但随着时间的推移，偏差越来越严重，不久竟将我带到看不见原来状况的边缘"——村上的短篇大体写的就是这样的东西，写人生和命运的不确定性。而将这种不确定性勉强拉回现实之中的，在这里即是拧发条鸟的叫声。同时其叫声又意味着另一个更大的不确定性的产生。拧发条鸟只闻其声不见其形，确是一个极富寓意的象征，一个奇特的隐喻。

最后着重说一下《象的失踪》。

《象的失踪》是村上春树所有短篇小说中最受关注的一篇。作者本人也极为看重，1995 年谈版权时，他为中译本提供的短篇集便收有此篇并以其为书名，此前的英译本亦是如此。

| 失踪的不仅仅是象 |

说起来，村上笔下动物的确够多的。最常见的是猫（实际生活中他也最喜欢猫——"我、妻，加一只猫，一起心平气和地度日"），此外有羊、袋鼠、狗、熊、海驴，以及独角兽、拧发条鸟等虚拟动物。象最初出现在处女作《且听风吟》中，后来陆续出现在《跳舞的小人》《象厂喜剧》以及《寻羊冒险记》《世界尽头与冷酷仙境》等作品里，而最具寓意的应该是这篇《象的失踪》。

《象的失踪》——标题本身便突兀不凡。因为，若是猫失踪倒也罢了，毕竟猫是到处乱窜的小动物。而象是公认的庞然大物，且行动迟缓，步履蹒跚，何况又是从"镇上的象舍中失踪"的。无独有偶，"失踪的不仅仅是大象，一直照料大象的男饲养员也一同无影无踪"！

无论从哪一点来看，象都是最不应该也最不容易失踪的动物。然而它消失了。也就是说，最不该消失的东西消失了，而且消失得利利索索，任何寻找它的努力都是徒劳。那么，为什么消失的偏偏是最不该消失的大象呢？或者说，作者为什么偏偏把消失的对象设定为大象呢？

让我们看一下小说中象的特征：

太大。大得不能把它杀掉,"杀一头大象太容易暴露目标。"

太老。老得叫人担心,"真怕它马上瘫倒在地上断气。"

太费钱。"所需管理费、食物费太多。"

太无人气。动物园关闭的时候,别的动物都有地方接受,唯独它剩了下来。

现代社会追求"简洁性"(シンプルさ),而象大而无当,与"简洁性"无缘;现代社会追求"功能性"(機能性),而象"举步维艰",与"功能性"无关;现代社会追求"协调性"(統一性),而象形单影只,遭人冷落,与协调性背道而驰。一句话,象成不了商品。"而在这急功近利(便宜的な)的世界上,成不了商品的因素几乎不具有任何意义。"于是象失踪了,消失了。也就是说,这个追求"功能性"(即经济效益)和"协调性"的"急功近利"的社会,具有一种"迫使象消失的力量"——"一种压制可能扰乱功能性和协调性的过剩的异质之物的力量"(和田敦彦语)。

尤为耐人寻味的是,当"我"就这点、就象的失踪与搜寻向一位"没有发现任何不可以对她抱有好感的理由"的女士加以传达和解释的时候,对方竟全然不能理解——"我"寻求理解的努力彻底

| 失踪的不仅仅是象 |

受挫，象的失踪真相及其失踪的原因在这个急功近利的社会上成了无法传达无法理解的东西！"我"成了社会和他人无法接受的另类！而当"我"也变得世俗即"变得急功近利"之后，我迅速取得了成功，"为更多的人所接受"。不久，"报纸几乎不再有大象的报道。人们对于自己镇上曾拥有一头大象这点似乎都已忘得一干二净"——这是一个多么正常而又反常的、甚至可怕的社会啊！

常识告诉我们，大象是草食动物，极少主动加害于人或其他动物。性情温和，神态安详，安分守己而又富于协同行动的团队精神。可以说是平和、宽容、含蓄、隐忍的象征。恐怕唯其如此才引起了作者的兴趣。村上在这篇小说中通过主人公之口明确说道："大象这种动物身上有一种拨动我心弦的东西，很早以前就有这个感觉，原因我倒不清楚。"其实，早在处女作《且听风吟》中，村上便把象同"解脱了的自己"联系在一起——"到那时，大象将会重返平原，而我将用更为美妙的语言描述这个世界。"在这个意义上，大象代表着一个美妙、温馨、地老天荒的世界，是人类精神家园的象征。而村上在1985年写的这个短篇中则断定"大象和饲养员彻底失踪，再不可能返回这里"，这意味着什么呢？无非意味着象

011

所象征的温馨平和的精神家园很可能永远消失。而消失与寻觅，无疑是村上文学一个基本主题。2001年9月作者在以《远游的房间》为题致中国读者的信中明确写道："我的小说想要诉说的，可以在某种程度上简单概括一下。那便是：任何人一生当中都在寻找一个宝贵的东西，但能够找到的人并不多。即使幸运地找到了，实际找到的东西也已受到致命的损毁。尽管如此，我们仍然继续寻找不止。因为若不这样做，生之意义本身便不复存在。"可以说，《象的失踪》同样表现了村上"想要诉说"的主题，从中不难窥见作者对"高度发达的资本主义社会"的敏锐洞察力和他对人、人类的生存窘境的根本认识，而这一切都巧妙地影射在象及象与人的关系中。村上在此提醒人们：失踪的不仅仅是象！

林少华

2008年4月29日于窥海斋

时青岛春和景明花满长街

再袭面包店

　　我至今也弄不清楚将袭击面包店的事告诉妻子是否属于正确的选择,恐怕这也是无法用正确与否这类基准来加以推断的问题。就是说,世上既有带来正确结果的不正确选择,也有造成不正确结果的正确选择。为了避免出现这类非条理性——我想可以这样说——我们有必要采取**实际上什么也未选择**的立场,我便是大体抱着如此态度来生活的。发生的事情业已发生,未发生的事情尚未发生。

　　从这一立场考虑事物,无疑是说我**不管怎样反正**向妻子讲了袭击面包店的事。讲过的话就是讲过了,由此发生的事件已经发生了。倘若这一事件在人们眼里显得有些荒唐,那么我想其原因大概应该从包括此事件在内的整个实际情况中去寻找。然而无论我怎样想,事情都不可能因此而有某种改变。这终究不过仅仅是我个人的想法而已。

我在妻子面前提起抢面包店的往事，是由一点微不足道的话头引发的。事先既无提起的思想准备，又非心血来潮而娓娓道来的。在我本身将"抢面包店"这句话当着妻子的面说出口之前，我早已把自己曾抢过面包店的事忘到九霄云外去了。

当时使我回想起面包事件的，是实在忍无可忍的饥饿感，时间已快下半夜两点。我和妻子是六点吃的晚饭，九点上床合目。不知什么缘故，那时两人居然同时睁眼醒来。醒来不一会，饥饿感便如《奥兹国历险记》[1]中的龙卷风一般袭上身来。那是一种毫不讲理的势不可挡的饥饿感。

然而电冰箱中似乎没有任何一样东西足可冠以食物这一称谓，有的只是法国汁（French dressing）、六听啤酒、萎缩不堪的洋葱、黄油和除臭剂。我俩是大约两周前刚结的婚，尚未牢固确立对于饮食生活的共识。当时要确立的东西委实堆积如山。

那时候我在法律事务所上班，妻子在一所服装学校做事务性工作。我不是二十八就是二十九岁（不知何故我就是想不起我结婚时

---

[1] 我国一般译为《绿野仙踪》。

的年龄），她比我小两岁八个月。生活忙得晕头转向，就像一个立体窟窿，里面挤得一塌糊涂，根本无暇顾及什么采购备用食品。

我们下了床，移身厨房，不约而同地隔着餐桌面面相觑。睡过一觉后两人都饿得肚肠一空如洗，连将身体躺下都感到痛苦，可爬起来又干不成别的——毕竟是过于饿了。至于如此汹涌的饥饿感从何处如何而来，我们却不得而知。

我和妻子怀抱一线希望，轮番开了好几次冰箱门。但任凭开多少次里边内容都一成不变：啤酒、黄油、调味品和除臭剂。黄油炒洋葱倒不失为一种吃法，但很难认为两个半死不活的洋葱会卓有成效地填满我们的辘辘饥肠。洋葱这东西本应和别的什么一起投入嘴中，而并非可以单独充饥的那类食品。

"来个除臭剂炒调味品？"我提出个玩笑议案，不出所料，对方不屑一顾。

"开车到外面找家通宵饭店如何？"我说，"开上国道肯定碰得到的。"

可妻子再次否决了我的提案，她说她讨厌去外面吃什么饭。

"半夜十二点都过了，还出去外面吃饭，显然不正常！"她说。在这方面她顽固守旧得很。

"唔,那倒也是。"我吐了口气说。

或许是新婚燕尔常有的事,妻子的意见(或建议)听起来总似乎给我某种启示。经她如此一说,我感到我们现在的饥饿乃是一种特殊饥饿,解决起来不应该在国道沿线的通宵饭店里敷衍了事。

所谓特殊饥饿是怎么回事呢?

我可以将其作为一幅画面提示出来:

① 乘一叶小艇飘浮在静静的海面上。② 朝下一看,可以窥见水中海底火山的顶。③ 海面与那山顶之间似乎没隔很远距离,但准确距离无由得知。④ 这是因为海水过于透明,感觉上无法把握远近。

在妻子说不乐意去什么通宵营业的饭店而我勉强表示同意之前的两三秒钟时间里,我脑海中浮现出来的基本上是这么一种图像。我不是弗洛伊德,不可能明确地解析这一图像究竟意味什么,但这图像属于含有某种启示性的类型,这点凭直感我还是看得出来的。唯其如此,我——尽管饥饿感凶猛得那般异乎寻常——才差不多自动地同意了她的提议(或声明),而没有为吃饭而外出。

百般无奈,我们只好打开啤酒来喝。因为较之吃洋葱,毕竟喝啤酒要好得多。妻子不大喜欢啤酒,六听中我喝了四听,她喝了其余两听。我喝啤酒的时间里,她像十一月里的松鼠一样把厨房的货物架底朝上细细翻了一遍,总算在口袋底部找出四块黄油曲奇。那是做冷冻蛋糕的底托时剩下的,因受潮已变得甚为绵软,但我们仍不胜怜爱地每人嚼了两块。

遗憾的是,易拉罐啤酒也好黄油曲奇也好,在我们宛似从空中所见的西奈半岛(Sinai)一般横无际涯的空腹中竟没留下丝毫痕迹,不过是从窗外稍纵即逝的一幅凄凉景致而已。

我们时而读啤酒罐上的印字,时而反复看钟,时而觑一眼电冰箱的门,时而翻一下昨天的晚报,时而用明信片边缘将散落在桌面上的曲奇屑收在一起。时间像被吞进鱼腹中的秤砣一样黑暗而又沉重。

"肚子饿到这步田地可是头一遭。"妻子说,"这是不是跟结婚有什么关系?"

我说不知道,或许有关系,或许没有也未可知。

妻子再次去厨房严格搜查食物的残渣断片。这时间里我又从小艇上探起身俯视海底火山的顶。环绕小艇的海水是那样的透明，以至把我的心弄得十分凄惶不安，就像心窝深处活活生出一个空洞，一个既无出口又无入口的纯粹的空洞。这种无可名状的体内失落感——实实在在的不实在感——有点恍若登临尖形高塔顶端时所感到的近乎麻痹的恐怖。空腹居然同登高的恐怖有相通之处，可谓一大新的发现。

想到以往一度有过的同样体验也正是在这种时候。**那时**我也同样像现在这般饥不可耐。那是——

"抢面包店的时候，"我不由脱口而出。

"抢面包店？怎么回事？"妻子赶紧发问。

于是，我开始了对面包事件的回忆。

"很久很久以前抢过一次面包店。"我对妻子解释道，"既不是很大的面包店，又不是有名的面包店，味道既不十分可口，又并非难以下咽，不过是一家随处可见的普普通通的街头小店，位于商业街的正中，店很小，一个老伯一个人烤一个人卖。上午烤好的面包卖完后，接着就关门了。"

"何苦非挑那么一家不起眼的面包店去抢呢?"妻子问。

"没有必要抢大型面包店嘛!我们所要的无非是满足我们肚皮需要那么些数量的面包,又不是要去抢钱。我们只是袭击者,而不是强盗。"

"**我们**!"妻子问,"**我们**指谁?"

"那时我有搭档来着。"我加以说明,"已经是十年前的事了。我们两人都一贫如洗,甚至刷牙粉都买不起,吃的当然是有上顿没下顿。因此当时我们为弄到食物着实干了不少愚蠢透顶的事,抢面包店就是其中一件……"

"我可是不好明白。"妻子说着,目不转睛地盯住我的脸,那眼神竟同搜寻黎明天幕中光色淡然的星斗无异。"为什么偏干那种勾当?干嘛不去做工?只消稍微打点零工,买面包那几个钱不就挣出来了?怎么想都是这样来得方便,同什么抢面包店相比。"

"人家懒得做什么工嘛!"我说,"这点实在再明白不过。"

"可你眼下不是在好端端地做工吗?"妻子道。

我点下头,呷了一口啤酒,抬起手腕,用其内侧擦了擦眼皮。几听落肚的啤酒正招来睡意,那睡意犹如柔和的稀泥渗进我的意识之中，而同空腹相持不下。

"时代不同，空气不同，人的想法也随之不同。"我说，"不过，差不多也该睡了吧？两人都得起早咧。"

"半点也不困，再说很想听你讲抢面包的事儿。"妻子坚持道。

"没什么好听的。"我说，"至少不像你所期待的那么有趣，又没什么时髦的演技。"

"抢成功了？"

事既至此，我只好扯下另一听啤酒的易拉环。妻子这人的性格，无论听什么，一旦听个开头，就非听到末尾不可。

"可以说成功，也可以说不成功。"我说，"总之我们算是把面包心满意足地弄到手了，但作为抢劫却不能成立。因为，在我们即将下手抢之前，店主人把面包送给了我们。"

"白给？"

"白给倒不是，这也正是一两句话说不清的地方。"我摇了摇头，"面包店主人是个古典音乐的狂热爱好者，那时店里正巧在放瓦格纳的序曲集。他跟我们讨价还价，说只要我们老老实实地把那张唱

| 再袭面包店 |

片一直听完,就允许我们只管把面包拿个够。我便和同伴就此商量,并且得出这样的结论:光是听听音乐倒也未尝不可。因为这算不得纯粹意义上的劳动,而且又无损任何人的自尊心。这么着,我们就把菜刀和小刀塞进波士顿包里,坐在椅子上同店主人一起听了《汤豪舍》(Tannhäuser)和《漂泊的荷兰人》(Der Fliegende Holländer)的序曲。"

"就那么得的面包?"

"是的。我们把店里的一堆面包收进旅行包拿回,一连吃了四五天。"说着,我又呷了一口啤酒。睡意如同海底地震掀起的无声波涛一般缓缓摇晃着我的小艇。

"当然我们是达到了预期目的,把面包弄到手了。"我继续道,"不过这无论如何也称不上所谓犯罪,不过是一种交换。就是说,我们听瓦格纳,作为报偿而得到面包。即使从法律角度分析也类似一种交易。"

"可是听瓦格纳算不得劳动。"妻子说。

"不错。"我说,"要是当时店主人叫我们刷碟洗碗或擦窗玻璃,我们肯定断然拒绝,干脆一抢了之。但店主人没有那样要求,而仅仅希望我们听瓦格纳的唱片集。结果使得我和同伴一时间狼狈不堪。不用说,我们根本就没想到会冒出一个什么瓦格纳,那简直就是套在我们头上的紧箍咒。如今想来,当初悔不该听他那个什么提案,而索性按预定方针用刀子吓昏那个家伙把面包一举抢走完事。那样一来,就该没有任何问题了。"

"出了什么问题不成?"

我又用手腕的内侧擦了擦眼皮。

"是的。"我回答,"不过也不是看上去有形有影的具体问题,只是说很多事情都以那次事件为分水岭而发生了缓慢的变化。并且一旦变化之后,便再也无可挽回。结果,我返回大学顺利毕业出来,一边在法律事务所工作,一边准备参加司法考试。同时认识了你,结了婚。再也不想去抢面包店了。"

"这就完了?"

"嗯,如此而已。"说着,我继续喝罐里的啤酒,于是六听啤酒全部告罄,剩下来的只有烟灰缸里宛如美人鱼身上剥落的鳞片似的六个拉环。

这显然是说并非实际上什么也没发生。看起来形影俱在的具体

| 再袭面包店 |

情况不知不觉之间已经确凿无误地发生了，但关于这一点我不想跟她谈什么。

"你那同伴现在怎样？"妻子问。

"不晓得。"我答道，"那以后因为一点小事我们分开了。一直没再见过，也不晓得现在做什么。"

妻子默然良久。我想她很可能从我的口气里感觉出了某种暧昧的意味，但她到底没有就此深究下去。

"可是，你们分手的直接原因，是那次面包事件吧？"

"或许。我们从那次事件中受到的打击要比表面上的强烈得多，我想。那以后一连好几天我们都在谈论面包同瓦格纳的相互关系，就是说我们做出的选择是否真的正确，但终究没得出结论。仔细想来，应该说是正确的选择。因为任何人也没受到伤害，每个人都各自有所满足。面包店主人——他何以那样做倒是至今也无法理解，但毕竟——为瓦格纳做了宣传，我们得以用面包填满了肚皮。尽管如此，我们还是觉得里边存在着某种严重的错误。这种谬误给我们的生活投下了阴影，而其原理并不为我们所知。我之所以使用紧箍咒这一字眼，其缘由即在这里。那是不容有任何怀疑余地的紧箍咒。"

"那紧箍咒已经消失了吧,从你们两人头上?"

我用烟灰缸里的六个易拉环做成一个手镯大小的铝圈。

"这我也不明白。世上似乎每处都有为数相当不少的紧箍咒,至于哪件糟糕事是由哪个紧箍咒引起的,这很难分辨清楚。"

"不,不是那样的。"妻子定定地注视着我的眼睛说,"好好想想就会明白。再说,只要你不自己动手来解除那个紧箍咒,它就要像虫牙一样一直把你折磨到死。不光你,还包括我。"

"你?"

"现在我是你的同伴嘛。"她说,"例如我们现在感觉到的饥饿就是证据。结婚之前,我从来没有领教过这么厉害的饿肚子滋味,一次也没有过。你不觉得这很反常?肯定是套在你头上的紧箍咒连我也裹了进去。"

我点下头,把做成铝圈的易拉环重新分解开来,放回烟灰缸。我不很清楚她说的是否果真那样,但经她这么一说,我也隐约觉得未尝没有可能。

稍顷,一度遁往意识外围的饥饿感又卷土重来,而且愈演愈烈,以致脑芯都痛不可耐。胃的底部一发生痉挛,其震颤就通过离合器金属丝传到头颅中央。看来我的体内交织着各种复杂的机能。

我又把目光转向海底火山。海的透明度比刚才还要纯，若不注意，几乎发现不了其间水的存在，小艇俨然在没有任何载体的空中飘浮，其底下清晰得甚至连一颗小石子都伸手可取。

"和你一起生活才半个月，可我一直感觉身边有某种紧箍咒存在。"她紧紧盯着我的脸，左右两手在桌面上交叉着。"当然，在听你讲起之前我搞不清那就是紧箍咒，但现在已经清楚了。你是在被诅咒。"

"你觉得那紧箍咒是怎么一种东西？"我问。

"好像是多年没洗过的挂满灰尘的窗帘从天花板上直垂下来似的。"

"那不是紧箍咒，大概是我本人。"我笑道。

她没有笑。

"不是，我清楚得很，不是的。"

"假如像你说的，果真是紧箍咒的话，"我说，"我们到底该怎么办才好呢？"

"再抢一次面包店，而且立即行动。"她斩钉截铁，"此外别无解除紧箍咒的方法。"

"立即行动?"我反问。

"嗯,立即,趁这一饥饿感还在持续。没如愿的事马上让它如愿。"

"可这深更半夜面包店会营业吗?"

"找就是。"妻子说,"东京城这么大,一两家通宵开门的面包店肯定能有的。"

我和妻子驾驶半新不旧的丰田卡罗拉,在凌晨两点半的东京街头转来转去,希望找出一家面包店来。我握着方向盘,妻子坐在副驾驶座上,将肉食鸟一般锐利的视线扫向道路两侧。一挺雷明顿自动霰弹枪如同一条僵挺而细长的鱼躺在后座上。妻子身披风衣,备用子弹在衣袋里哗啦哗啦地发出干涩的响声,车头小隔箱里放着两枚滑雪面罩。至于妻子何以有霰弹枪,我却忖度不出。面罩也是如此,我也罢她也罢从来未曾滑过什么雪。而她对此没有——解释,我也没有质问,只是觉得婚姻生活总有点叫人摸不着头脑。

问题是,尽管这套装备可谓精良之至,但我们到底未能找到一

| 再袭面包店 |

家通宵营业的面包店。我们沿着晚间空荡荡的公路，从代代木开到新宿，又驱车转到四谷、赤坂、青山、广尾、六本木、代官山、涩谷。深夜的东京，各色人等和各类店铺自是见到不少，唯独面包店却踪影全无，深更半夜里人家根本就不烤面包。

路上，我们两次碰上了警察的巡逻车。一辆在路旁一动不动地俯身停住，另一辆以较为缓慢的速度从背后追过我们。每当这时，我的腋下便沁出汗来。妻子则对此不屑一顾，只是全神贯注地搜寻面包店的所在。每次她改变身体角度，口袋里的子弹便发出枕芯中芥麦壳一样的声音。

"死了这份心算了！"我说，"这么晚哪里会有面包店开门！干这种事还是要事先侦查好才……"

"停！"妻子突然叫了一声。

我赶紧踩住车闸。

"就在这里。"她用沉静的语调说道。

我手搭方向盘，环视四周，并没发现俨然如面包店的存在。路两侧的商店全都下着黑乎乎的卷帘门，静悄悄地不闻一点声息。理发店的招牌仿佛斜眼看人的假眼，在夜色中冷冰冰地闪闪烁烁。二百米开外的前方，只见有一块写有"麦当劳·汉堡"字样的明晃晃的招牌。

"哪里有什么面包店！"我说。

妻子却一声不响地打开小隔箱，掏出一卷胶布，拿在手中下了车，我推开另一侧的车门跨出车。妻子在车头处弓身蹲下，把胶布按一定的长度剪好，贴在车号牌上，使人无法看出车牌号码，继而绕去车尾，把那里的号码牌同样掩住，其动作十分娴熟。我木木地伫立不动，注视着她作业的情景。

"就搞那家麦当劳。"妻子说。那口气简直就像报告晚餐菜谱一般轻松之至。

"麦当劳不是面包店。"我指出。

"一路货色。"妻子说着，折回车中。"有时是需要折衷的，反正开到汉堡包店前面就是。"

于是我只好把车前开两百米，到麦当劳停车场刹住。场内只有一辆光闪闪的红色"蓝鸟"。妻子把裹在毛毯里的霰弹枪朝我伸来。

"没打过这东西，也不想打。"我抗议道。

"用不着打,拿着就行。谁也不会反抗的。"妻子说,"好吗?就照我说的来办。先大模大样地走进店去,店员一说欢迎光临,就迅速蒙上面罩。明白?"

"明白固然明白……"

"接着你就把枪口对准店员,把所有店员和顾客都集中一处,可要干得干净利落。其余的只管交给我。"

"可是……"

"你看汉堡需要多少?"她问我,"三十个该差不多吧?"

"大概,"说罢,我叹了口气,接过霰弹枪,略微打开毛毯看了看。枪重得同砂袋无异,在夜色中闪着黑漆漆的幽光。

"真有如此操办的必要不成?"我询问道,半是对她,半是对我本身。

"毫无疑问。"她说。

"欢迎光临!"柜台里一个头戴麦当劳帽的女孩儿浮起麦当劳式的微笑向我致意。我原本以为女孩断不至于在深夜营业的麦当劳做工,因此一瞥见那女孩,刹那间脑袋便乱了章法。但我还是马上清理好思路,把面罩严严实实地套在头上。

柜台的女孩儿眼见我们突然蒙起面罩，顿时目瞪口呆。

针对如此情况的接待方式，"麦当劳待客规则"里绝对不会提及。女孩儿似乎还想重复一句"欢迎光临"，但一时张口结舌，终未吐出。尽管如此，仍然不失待客用的微笑，只是那微笑宛如初三晓月一样摇摇欲坠地挂在嘴角。

我尽可能动作麻利地抖开毛毯，亮出枪身，对准顾用餐区。结果只有一对学生模样的男女，而且还俯在塑料桌上酣然大睡。桌面上放着他们的两个头和两只草莓奶昔杯子，活像前卫艺术品似的排列得井然有序。两人睡得和昏死差不多，看来即使把他们搁置一旁不管也不至于给我们的作业带来任何妨碍，于是我把枪口转向柜台。

麦当劳的从业人员共有三人。一个柜台里的女孩，一个二十五岁以上的气色欠佳的椭圆脸店长，后厨里一个几乎令人感觉不出任何表情的形同影子似的学生临时工。这三人聚在收款机跟前，用观看印加水井的游客似的眼神死盯着我端起的枪口。没有人大喊大叫，也没有人飞扑上前。枪重得要命，我便把枪身托在收款机上，手指依然扣着扳机。

"给钱。"店长声音嘶哑地说,"十一点时交过一次,没那么多,有多少请拿多少好了。已经上了保险,无所谓的。"

"把正面的卷帘门放下,关掉招牌灯。"妻子说。

"请等等,"店长说,"那不好办。随便关店,会追究我的责任。"

妻子把刚才的命令不紧不慢地又重复一遍。

"还是按她说的办吧。"我见店长显得相当困惑,便好意地劝他。

店长比较似的来回看了看收款机上的枪口和妻子的面孔,稍顷决定妥协,熄掉招牌灯,按一下电钮开关,把正面门口的卷帘落下。我一直保持警惕,防止他趁忙乱之际按动紧急报警装置之类的电钮。好在麦当劳小店里似乎并无报警装置,恐怕谁也不会料到汉堡店会遭受袭击。

正面卷帘门发出如同棒敲铁筒那般大的噪音落下之后,桌面上那对男女仍在大睡特睡,我已有好长时间没见过如此执著的睡眠光景了。

"来三十个汉堡,带回去吃。"妻子说。

"我多给些钱,请你去别的店订做好吗?"店长说道,"账簿上非常麻烦,就是说……"

"还是按她说的办吧。"我重复一句。

三人一起走进后厨,开始制作三十个汉堡。学生临时工烤牛肉饼,店长将其夹进面包,女孩儿用白色包装纸包好。这时间里谁都一言未发。我背靠大型冰箱,把霰弹枪口对着烤盘。烤盘上排列着俨然如褐色水珠的肉团,"滋滋"作响。那烤肉的香味,就好像一群肉眼看不见的小虫一样钻进全身所有的毛孔里,随着血液流遍整个身体,最后集结在我身体中心出现的饥饿空洞,牢牢地附在其淡红色的洞壁上凝然不动。

眼见被白色包装纸包好的汉堡在身旁越堆越高,我恨不得马上拿起一两个痛快淋漓地饱餐一顿。但由于我现在根本说不准如此行为是否符合我们的目的,只好耐住性子静等,一直等到三十个汉堡全部做完。后厨很热,滑雪面罩下热汗直冒。

三人一边做肉饼,一边不时偷觑一眼枪口,我时而用左手的小指尖搔搔两边的耳朵。我这人一紧张就耳穴发痒。每次从面罩上端探进手指搔耳穴时,枪口便上下颤抖,那三人的心里想必也随之颤抖不已。其实枪口已经拉上了保险，无须担心走火，但三人蒙在鼓里，我也故意不告诉他们。

在三人做汉堡、我把枪口对着烤盘监督的时间里，妻子时而瞟一眼顾客席位，把做出来的汉堡一一过数。她把包装好的汉堡有条不紊地塞进纸手提袋。每一只手提袋里都装了十五个巨无霸汉堡。

"何苦非找这个麻烦不可呢？"女孩儿对我说道，"干脆拿了钱就跑，喜欢吃什么买什么该有多好！更何况，即使吃掉三十个汉堡又能起什么作用呢？"

我什么也没回答，只是摇了摇头。

"我知道这样做不好，可面包店都没开门嘛。"妻子对女孩解释说，"要是有面包店开门，早抢面包店去了。"

我实在想不出这种解释对他们理解情况会有什么帮助。但反正他们再未开口，只管默默地烤肉，夹进面包，用纸包好。

两只手提袋装完三十个汉堡以后，妻子向女孩儿要了两大杯可乐，并付了这部分款。

"除了面包什么也不想要。"妻子对女孩儿说明道。

女孩儿形状复杂地晃了晃脑袋,既像是摇头,又像是首肯,大概是想同时完成两种动作。其心情我觉得也不难理解。

随后,妻子从衣袋里掏出一条捆行李用的细绳(她无所不有),像钉衣扣一般灵巧地把三人缚在柱子上。三人似已看出说什么也无济于事,便一声不吭,任凭处置。妻子问他们痛不痛,想不想去厕所,他们还是缄口不语,我用毛毯包住枪,妻子两手提着带麦当劳标记的手提袋,从卷帘门空隙处钻到外面。用餐区的那对男女仍然如同深海鱼似的睡意犹酣。我不由纳闷:到底什么东西才足以打破他们如此深沉的梦境呢?

驱车跑了三十分钟后,停进一处合适的楼前停车场,我们放开肚皮大吃汉堡,大喝可乐。我一共把六个巨无霸投进空空如也的胃袋,她吃了四个,车的后座上还剩二十个。随着天光破晓,我们那本以为永远持续下去的严重饥饿感也消失了。太阳最初的光线把大楼污秽的墙面染成一片藤色,使带有"索尼高保真收录机"字样的巨大广告塔放出炫目的光辉。在不时驶过的长途卡车的车轮声中,可以听见小鸟的鸣啭。广播中播出乡间音乐。我们两人合吸一支香烟。吸罢，妻子把脑袋悄然搭在我的肩头。

"不过难道真有如此操办的必要不成？"我再次试探着问她。

"那还用说。"她回答，旋即深深叹息一声，睡了。她的身体像小猫一样又软又轻。

只剩下我一个人后，我从小艇上探起身，往海底使劲张望，但海底火山的姿影已不复见。水面上静静地映出蔚蓝的天空，只有柔波细浪宛如随风摇曳的丝绸睡衣一般温情脉脉地叩击着小艇的舷板。

我歪身躺在艇底，闭目合眼，等待汹涌的潮水把我送往相应的地方。

象的失踪

大象从镇上的象舍中失踪的事，我是从报纸上知道的。这天，我一如往常地被调至六点十三分的闹钟叫醒，然后去厨房煮咖啡，烤吐司，打开超短波广播，啃着吐司在餐桌上摊开晨报。我这人看报总是从第一版依序看下去，因此过了好半天才接触到关于大象失踪的报道。第一版报道的是日美贸易摩擦问题和战略防御构思，接下去是国内政治版、国际政治版、经济版、读者来信版、读书专栏、不动产广告版、体育版，再往下才是地方版。

大象失踪的报道登在地方版的头条。标题相当醒目："××镇大象去向不明。"紧接着是一行小标题："镇民人心惶惶，要求追究管理责任。"还有几名警察验证无象象舍的照片。没有象的象舍总好像不大自然，空空荡荡，冷冷清清，俨然被掏空五脏六腑后干燥了

| 象的失踪 |

的庞大动物。

我拨开落在报纸上的面包屑,专心致志地逐行阅读这则报道。上面说人们发现大象失踪是五月十八日(即昨天)下午二时。供食公司的人像往常那样用卡车为大象运来食物(其主食为镇立小学的小学生们的剩饭),由此发现了象舍空空如也。套在象脚上的铁环依然上着锁剩在那里,看来大象是整个地把脚拔了出去。失踪的不仅仅是大象,一直照料大象的男饲养员也一同无影无踪了。

人们最后见到大象和饲养员是前天(即五月十七日)傍晚五点多钟。五个小学生来象舍写生,五点多之前一直用蜡笔为大象画像来着。这几个小学生是大象的最后目击者,此后再无人见到。以上便是这则新闻报道的内容。因为六点铃一响,饲养员便将象广场的门关上,使人们无法入内。

五个小学生异口同声地作证说,那时无论大象还是饲养员都没显出任何异常。大象一如往常乖乖地站在广场中央,不时左右摇晃一次鼻子,眯缝起满是皱纹的眼睛。它已老态龙钟,动一下身体都显得甚是吃力。初次目睹之人往往感到不安,真怕它马上瘫倒在地上断气。

大象之所以被本镇（即我居住的镇）领来饲养，也是因为其年老之故。镇郊的一座小动物园以经营困难为由关闭的时候，动物们都已通过动物经纪人之手转往全国各地，唯独这头象由于年纪太老而无法找到主顾。一来哪里的动物园中象的数量都绰绰有余，二来没一处动物园好事并充裕到足以接收一头似乎马上就要心脏病发作死去的举步维艰的大象的程度。因此，这头象便在所有同伴荡然无存的形同废墟的动物园里无所事事地——当然也不是说它原来有什么事干——独自滞留了三四个月之久。

无论动物园还是镇上，对此都相当头痛。动物园方面已将动物园旧址卖给了房地产商。房地产商准备在此建造高层公寓，镇上也签发了开发许可证。象的处理越是长期拖而不决，所付利息越高，可是又不能把象杀掉。若是蜘蛛猴或蝙蝠之类，倒也罢了，但杀一头大象太容易暴露目标。一旦真相大白，问题就非同小可。于是三方一起商量，达成了关于老年大象处置的协议。

（1）象作为镇有财产，由镇方免费领养；
（2）收容象的设施由房地产商无偿提供；

(3) 饲养员工资由动物园方面负担。

这就是三方协议的内容。正好是一年前的事。

说起来,我从一开始便对"大象问题"怀有个人兴趣,大凡有关象的报道我统统剪了下来,还去旁听了镇议会讨论大象问题的会议,所以现在我才可以如此洒脱如此准确地叙述此事的发展过程。话也许有点啰嗦,但"大象问题"的处理过程很可能同大象失踪有相当密切的关系,还是容我记述下来为好。

当镇长签署了协议、即将领养大象之时,议会中以在野党为中心(在此之前我还真不知道镇议会中有什么在野党)掀起了反对运动。

"为什么本镇必须领养大象?"他们质问镇长。其主张可以归纳成以下几条(条条太多十分抱歉,但我以为这样容易理解):

(1) 大象问题属于动物园与房地产商私营企业之间的问题,镇政府没有理由参与;

(2) 所需管理费、食物费太多;

（3）安全问题如何解决？

（4）本镇自费饲养大象的好处何在？

他们拉开了论战架势——"饲养大象之前，下水道的整治和消防车的购置等镇政府要做的事情岂非堆积如山？"尽管措词不算尖刻，但言下之意无非是怀疑镇长同房地产商有幕后交易。

对此，镇长的意见是这样的：

（1）高层建筑群的落成将极大幅度地增加镇的税收，大象饲养费之类自然不成问题，镇政府参与这样的项目是理所当然的；

（2）象年事已高，食欲亦不很大，至于加害于人的可能性可以说等于零；

（3）象一旦死亡，由房地产商作为大象饲养地提供的地皮即为镇有财产；

（4）象可成为镇的象征。

经过长时间争辩讨论，镇上终于决定将大象领养过来。由于自古以来位于城郊住宅地带，镇上的居民大多生活较为富裕，镇财政也够雄厚。况且人们可以对领养无处可去的大象这一举措怀有好感，较之下水道和消防车，居民毕竟更容易同情大象。

我也赞成镇上饲养大象。出现高层建筑群固然大杀风景，但自己镇上能拥有头大象倒也确实不坏。

砍掉山坡上的树林，把小学一座快要倒塌的体育馆移建到那里作为象舍。一直在动物园照料大象的饲养员也跟过来住下。小学生们的残汤剩饭充作象的饲料。于是大象被一辆拖车从封闭的动物园运到新居，在此打发余生。

我也参加了象舍的落成典礼。镇长面对大象发表演说（关于本镇的发展与文化设施的充实），小学生代表朗读作文（象君，祝你永远健康云云），举行了大象写生比赛（大象写生此后遂成为本镇小学生美术教育中一个必不可少的重要保留项目），身穿翩然飘然的连衣裙的两名妙龄女郎（算不上绝代佳人）分别给大象吃了一串香蕉。大象则几乎纹丝不动地静静忍受着这场相当乏味——起码对象来说毫无意味——的仪式的进行，以近乎麻木不仁的空漠的眼神大口小口吃着香蕉。吃罢，众人一齐拍手。

象右侧的后脚套了一个坚不可摧的沉重铁环,铁环连着一条十多米长的粗铁链,铁链的另一端万无一失地固定在水泥墩上。铁环和铁链一看就知道牢不可破,大象纵然花一百年时间使出浑身解数也全然奈何不得。

我不大清楚大象是否对这脚镣心怀不满,不过至少表面上它对套在自己脚上的铁块漠然置之。它总是以呆愣愣的眼神望着空间不可知晓的某一点,每当阵风吹来,耳朵和白色的体毛便轻飘飘地摇颤不止。

负责饲养大象的是位瘦小的老人。不知其准确年龄,也许六十多岁,也许七十有余。世上有一种人一旦越过某一临界点外貌便不再受年龄左右,这位老人便是其中之一,皮肤无论冬夏都晒得又红又黑,头发又短又硬,眼睛不大,面目并没有什么明显特征,唯独向左右突出的接近圆形的耳朵使得整张脸相形见小,格外引人注目。

此人绝对谈不上冷淡,有人搭话肯定给予圆满回答,话也说得井井有条。若他愿意,也能现出一副热情的样子——尽管使我觉得有几分勉强。不过从原则上说,则像是位沉默寡言的孤独老人。他

| 象的失踪 |

看上去喜欢小孩，小孩来时尽可能亲切相待，但孩子们却不大接受老人的好意。

接受这位饲养员好意的只有大象。他住在紧挨象舍的预制板小屋里，从早到晚形影不离地照料大象。象与饲养员相处的时间已超过十年，二者关系的亲密程度，只消看双方每个细微的动作和眼神，即可一目了然。饲养员如果想让呆呆地站在同一地方的大象移动一下，只要站在象的旁边用手啪啪地轻拍几下它的前腿并嘀咕一句什么，大象便不堪重负似的慢慢摇摆着身体，准确地移至指定位置，随即仍如刚才那样注视空间的某一点。

每到周末，我就去象舍细心观察这一情形，但还是不能完全理解二者的交流是依据何种原理得以实现的。大象或许能听懂简单的人语（毕竟活的时间长），也可能通过拍腿方式来把握对方的意图，或者它具有心灵感应那类特异功能，因而懂得饲养员的所思所想也未可知。

一次我问老人："您是怎样给大象下命令的呢？"老人笑笑，只回答"长时间相处的关系"，再没做更多的解释。

总之便是这样平安无事地过了一年，此后象突然失踪。

031

我一边喝第二杯咖啡，一边将报道再次从头研究一遍。文章写得相当奇妙，俨然福尔摩斯敲着烟斗说："华生，快看呀，这篇报道太有趣了！"

此报道给人以奇妙印象的根本原因，在于支配着写报道的记者的大脑的困惑与混乱，而困惑与混乱显然起因于情况的非条理性。记者力图巧妙避开非条理性来写一篇"地道的"新闻报道，但这反而将他自身的混乱与犹豫推向了致命的地步。

例如，报道上的措词是"大象逃脱"，可是通观全篇报道，显而易见大象并非什么逃脱，而明明是"失踪"。记者将这种自我矛盾表述为"**细节**上仍有若干**不明确**之处"。我则无论如何也不认为事情是可以用什么"细节"什么"不明确"这类老生常谈的字眼敷衍得了的。

首先，问题出在象脚上套的铁环。铁环**依然上着锁**剩在那里。最稳妥的推论是：饲养员用钥匙打开铁环将其从象脚上摘下，然后又将其锁好，同象一起逃跑（当然报纸也抓住了这种可能性）。问题是饲养员手中没有钥匙。钥匙仅有两把，一把为确保安全藏于警察署的保险柜，另一把收在消防署的保险柜之中。饲养员（或其他什么人）不大可能从中偷出钥匙。纵使万一偷出，也大可不必把用过的钥匙特意送回保险柜——翌日早上打开一看，两把钥匙全都好好地躺在警察署和消防署的保险柜里。既然这样，那么就是说大象势必在不使用钥匙的情况下将脚从坚不可摧的铁环中拔出，而这除非用锯将象腿锯断方可办到，否则绝无可能。

第二个问题是出逃的途径。象舍与"象广场"围了三米多高的坚固栅栏。由于象的安全管理在镇议会上闹得沸沸扬扬，镇政府采取了对一头老象未免小题大做的警备措施。栅栏是用混凝土和粗铁棍做成的（费用当然由房地产商出），门口只有一个，且内侧上锁。象不可能跨过如此要塞般的栅栏跑到外面。

第三个问题是象的脚印。象舍后面是陡峭的山坡，象无法攀登。因此象假如真的用某种手段挣脱铁环又用某种手段飞越栅栏，它也只能经前面的道路逃走。然而松软的沙土路面上没有留下任何类似象脚印的痕迹。

总而言之，综合分析这篇满是令人困惑和不快的措词的新闻报道，根本看不出事件的结论或实质。

当然，自不待言，报纸也好警察也好镇长也好，至少表面上都不愿意承认大象失踪这一事实。警察正以"象或许被人采取锦囊妙计早有预谋地强行掠出，或使之逃脱"这样的判断进行侦查，并乐观地预测："考虑到隐藏大象的困难程度，事件的解决不过是时间问题。"警察还打算请求近郊的猎友会以及自卫队狙击部队出动，一起搜山。

镇长召开记者招待会（有关记者招待会的报道没有登在地方版，而出现在全国版的社会版面），就镇政府警备措施上的疏忽进行道歉。同时镇长又强调指出："同全国任何一座动物园的同类设施相比，本镇的大象管理体制都毫不逊色，较之标准要有力得多全面得多。"还说，"这是充满恶意的、危险而且无聊的反社会行为，是绝对不能允许的！"

在野党的议员重复一年前的论调："务必追究镇长同企业串通一气而轻率地将镇民卷入象处理问题的政治责任。"

一位母亲（三十七岁）以"不安的神情"说："短时间内不能放心地让孩子去外面玩了。"

报纸上详细叙述了本镇领养大象的前后经过，并附有大象收容设施示意图，还介绍了大象简历，以及同象一起失踪的饲养员（渡

|象的失踪|

边升，六十三岁）的情况。渡边饲养员是千叶县馆山人，长期在动物园饲养哺乳类动物，"由于动物知识丰富为人忠厚诚实，深得有关人员信赖"。象是二十二年前由非洲东部送来的，准确年龄无人知晓，其**为人**更是不得而知。

报道的最后，说警察正在向镇民征求有关大象的任何形式的情报。我一面喝第二杯咖啡，一面就此沉思片刻，最终还是决定不给警察打电话。一来我不大乐意同警察发生关系，二来我不认为警察会相信我提供的情报。对那些甚至没有认真设想过大象失踪可能性的家伙，无论说什么都是徒劳的。

我从书架中抽出剪报集，将从报纸上剪下的关于象的报道夹在里面，随后洗了洗杯子碟子，去公司上班。

我从 NHK 晚七时的新闻节目中看到了搜山的情况。提着装满麻醉弹的大型来福枪的猎手、自卫队员、警察和消防队员把附近的山一座接一座捉虱子似的搜索一遍，好几架直升飞机在空中盘旋。虽说是山，但都位于东京郊外的住宅地带边缘，不过是小山包而已。聚集如此之众，只消一天即可基本搜寻完毕，再说寻找的对象又不是矮小的杀人狂而是巨大的非洲象，其可藏身之处自然有限。然而折腾到傍晚也没找到大象。出现在电视荧屏上的警察署长声称"仍将继续搜寻"。电视新闻的主持人总结道:"是何人如何使大象逃脱,藏于何处,其动机何在,一切都还深深处于迷宫之中。"

此后继续搜索数日,大象依旧踪影皆无,当局连点蛛丝马迹也未能找到。我每天都细看报纸的报道,大凡所能见到的报道统统用剪刀裁剪下来,就连以大象事件为题材的漫画也不放过。由此之故,剪报集的容量很快到达极限,不得不去文具店买一册新的回来。尽管拥有如此数量繁多的报道,却没有记载任何一条我想知道的那类事实。报上写的全都是些驴唇不对马嘴一文不值的内容,诸如什么"依然下落不明",什么"搜查人员深感苦恼",什么"背后是否有秘密组织"等等。大象失踪了一周之后,这方面的报道日见减少,直至几乎销声匿迹。周刊上倒刊载了几篇哗众取宠的报道,有的竟拉出灵媒来,不久也草草收兵了。看上去人们似乎企图将大象事件强行归入为数甚多的"不解之谜"这一范畴之中。一头年老的象和一个年老的饲养员纵使从这块土地上失去踪影,也不会对社会的趋势造成任何影响。地球照样单调地旋转,政治家照样发表不大可能兑现的声明,人们照样打着哈欠去公司上班,孩子们照样准备应付考试。在这周而复始无休无止的日常波浪之中,人们不可能对一头去向不明的老象永远兴致勃勃。如此一来二去,没有什么特殊变异的这几个月便像窗外行进的疲于奔命的军队一样匆匆过去了。

我不时抽时间跑去往日的象舍,观望已无大象的大象住处。铁栅栏门上缠了好几道粗大的铁链,任凭谁都无从入内。从栅栏空隙窥视,象舍门同样被铁链缠绕着。看样子警察为了弥补无法找见大象所造成的缺憾,对失去大象后的象舍加强了不必要的警备。四下寂寥,空无人影,唯见一群鸽子在象舍房脊上敛翅歇息。广场已无人修剪,开始长满萋萋夏草,仿佛已等得忍无可忍。象舍门上缠绕的铁链使人联想起森林中牢牢看守着已腐朽得化为废墟的王宫的巨蟒。大象离去才不过数月,这个场所便已蒙上了带有某种宿命意味的荒凉面影,笼罩在雨云一般令人窒息的气氛中。

我见到她时,九月都已接近尾声了。这天从早到晚雨下个不停。雨单调而又温柔细腻,是这一季节常见的雨,它把在地面打下烙印的夏日记忆一点点冲掉，所有的记忆都沿着水沟往下水道、往河道流去，进入又黑又深的大海。

我俩是在我公司举行的产品推介酒会上见面的。我在一家大型电器公司广告部工作，当时正负责推销为配合秋季结婚热和冬季发奖金时节而生产的系列厨房电器用品。主要任务是同几家女性杂志交涉，以使其刊载配合性报道。事情倒不怎么需要动脑，但须注意让对方的报道写得不失分寸，尽量不让读者嗅到广告味。作为代价，我们可以在杂志上刊登广告。世上的事就是要互相扶持。

她是一家以年轻主妇为对象的杂志的编辑，参加酒会是为了采访——明知是为人推销的采访。我正好闲着，便以她为对象，开始讲解由意大利著名设计师设计的彩色电冰箱、咖啡机、微波炉和榨汁机。

"至为关键的是协调性。"我说，"无论式样多好的东西，都必须同周围保持协调，不然毫无意思。颜色的协调，式样的协调，功能的协调——这是当今厨室最需要注意的。据调查，一天之中主妇在厨室的时间最长。对主妇来说，厨室是她的工作岗位，是书斋，是起居室。因此她们都在努力改善厨室环境，使其多少舒服一点。

这与大小没有关系。无论大小,好的厨室原则都只有一个,那就是简洁性、功能性、协调性,而本系列便是依据这一指导思想设计出来的。举例说来,请看这个烹调板……"

她点着头,在小笔记本上做着记录。其实她并非对这类采访特别怀有兴趣,我对烹调板也没什么偏爱,我们不过是在完成各自的工作而已。

"看来你对厨房里的事相当熟悉。"她在我讲解完后说道。

"工作嘛!"我做出商业性笑容回答,"不过我倒是很喜欢做菜——这与工作无关,做得简单,但天天做。"

"厨房真的需要协调性?"她问。

"不是**厨房**,是**厨室**。"我纠正道。"本来怎么都无所谓,可公司有这样那样的规定。"

"对不起。那么厨室真的需要协调性?作为你个人的意见。"

"至于我个人的意见,不解掉领带是无可奉告的。"我笑着说,"不过今天算是例外。我想就厨房来说,讲究协调性之前,应该备有若干必不可少的东西。问题是那种因素成不了商品。而在这急功近利的世界上,成不了商品的因素几乎不具有任何意义。"

"世界果真是急功近利的不成？"

我从衣袋里掏出香烟，用打火机点燃。

"随便说说罢了。"我说，"这样一来，很多事情就容易明白，工作也容易进行。这类似一种游戏，或曰本质上急功近利，或曰急功近利式的本质——说法五花八门。而且只有这样认为，才不至于招风惹浪，才不至于出现复杂问题。"

"妙趣横生的见解！"

"谈不上什么妙趣，人人都这样看待。"我说，"对了，有一种香槟不算很坏，如何？"

"谢谢，恕不客气。"

随后，我和她边喝冰镇香槟边海阔天空地聊起来，聊着聊着，聊出几个两人共同的熟人。我们所属的行业范围不大，投几粒石子，总有一两粒碰上共同的熟人。不仅如此，我的妹妹同她碰巧毕业于同一所大学。我们于是以几个这样的名字为线索较为顺利地展开了话题。

她和我都是单身，她二十六，我三十一。她戴隐形眼镜，我架着普通镜片。她赞赏我领带的颜色，我夸奖她的上衣。我们谈起各

| 象的失踪 |

自所居公寓的租金，也就工资数额和工作内容发了些牢骚。总之我们是相当亲密起来了。她是位顾盼生辉的妩媚女性，丝毫没有强加于人的味道。我站着同她在那里谈了大约二十分钟，没有发现任何不可以对她抱有好感的理由。

酒会快结束时，我邀她走进同一宾馆里的酒吧，坐在那里同她继续交谈。透过酒吧巨大的窗扇，可以看见初秋的雨幕。雨依然无声无息地下着，远处街道的光亮糅合着各种各样的信息。酒吧里几乎见不到客人，潮乎乎的沉默统治着四周。她要了冰镇得其利（Daiguiri），我要的是加冰苏格兰威士忌。

我们一边喝着各自的杯中物，一边像多少有些亲密起来的初次见面的男女那样说着在酒吧里常说的话：大学时代，喜欢的音乐，体育，日常习惯等等。

接着，我提起了大象。至于话题为什么突然转到大象身上，我已记不起其中的关联了。大概谈到某种动物，由此联上了大象。也有可能我是极其无意识地想向某人——似可与之畅所欲言的一个人——阐述我对大象失踪的看法。或者是仅仅借助酒兴也未可知。

话一出口，我便意识到自己提出的是现在最不适宜的话题。我不应该谈起什么大象。怎么说呢，这个话题早已成为过去。

于是我想马上收回话头。糟糕的是她对大象失踪事件怀有非同一般的兴致。我一说自己看过好几回大象，她便连珠炮似的发出质询：

"什么样的象？你认为是如何逃跑的？平时它吃什么？有没有危险？"如此不一而足。对此，我按照报纸上的口径轻描淡写地解说了一遍。看样子她从我的口气中感觉出了异乎寻常的冷淡——我从小就很不善于敷衍。

"象不见的时候大吃一惊吧？"她喝着第二杯得其利，若无其事地问，"一头大象居然突然失踪，肯定谁都始料未及。"

"是啊，或许是。"我拿起一枚玻璃盘里的碱水面包（Pretzel），分成两半，吃了一半。男侍应生转来，换了一个烟灰缸。

她饶有兴味地注视了一会儿我的脸。我又叼起一支香烟点燃。本来戒烟已有三年之久，而在大象失踪之后，又开始故态复萌了。

"所谓或许是，就是说关于大象失踪多少有所预料？"她问。

"谈不上什么预料！"我笑了笑，"一天大象突然消失，这既无先例又无必然性，也不符合事理。"

"不过你这说法可是非常奇特，嗯？我说'一头大象居然突然失踪，肯定谁都始料未及'，你回答'是啊，或许是'。而一般人是绝不至于这样回答的。或者说'一点不错'，或者说'说不明白'。"

我向她含糊地点了下头，扬手叫来男侍应生，让他再送一杯苏格兰威士忌。等威士忌的时间里，我们暂且保持沉默。

"我说，我不大理解，"她用沉静的口气说，"刚才你还一直说得头头是道，在提起大象之前。可一提起大象，你说话就好像一下子变得反常，听不出你想表达什么。到底怎么回事？莫非在大象方面有什么不好启齿的地方？还是我的耳朵出了毛病呢？"

"你耳朵没有毛病。"我说。

"那么说问题在你啰？"

我用手指把酒杯里的冰块拨弄得旋转不止。我喜欢听冰块撞杯的声音。

"并未严重得要用问题这个字眼。"我说，"不足挂齿的小事。也没有什么可向别人隐瞒的，不过是因为我没有把握说透而不说罢了。如果说是奇特，也确实有点奇特。"

"怎么奇特?"

我再无退路,只好喝口威士忌,开始叙说:

"其中一点要指出的是,我恐怕是那头失踪大象的最后一个目击者。我见到大象是五月十七日晚上七点左右,得知大象失踪是第二天偏午时分。这段时间再没有人见过大象。因为傍晚六点象舍就关门了。"

"逻辑上不好明白。"她盯住我的眼睛,"既然象舍已经关门,你怎么还能见到大象呢?"

"象舍后面是一座悬崖样的小山。山是私有山,没有像样的路可走,上面只有一个地方可以从后面窥视象舍。而知道这个地方的,想必只我一人。"

我的这一发现完全出于偶然。一个周日下午,我去后山散步迷了路。大致判断方位行走之间,碰巧走到了这个地方。那是块平地,大小可供一人睡觉。透过灌木丛空隙朝下一望,下面正是象舍的房脊,房脊稍往下一点有个相当大的通风口,从中可以清楚地看到象舍里面的光景。

从此以后,我经常去那里观望进入象舍里边的大象,逐渐成了习惯。如果有人问何苦如此不厌其烦,我也回答不好。只是想看大象的私下表现而已,没有什么深刻的理由。

象舍里黑暗之时,自然看不见大象。但刚入夜时饲养员会打开象舍的电灯为大象做这做那,我因之得以一一看在眼里。

我最先注意到的,是象舍中只剩大象与饲养员时,双方看上去要比在人前那种公开场合表现得远为亲密无间。这点只消看双方之间一个小小的举动即可一目了然。甚至使人觉得白天时间双方是有意克制感情,以免被人看出彼此的亲密程度,双方都希望把这种感情留给单独相守的夜晚。但这不等于说双方在象舍中有什么特殊举动。进入象舍之后,大象依然一副呆愣愣的样子,饲养员也一味地忙他作为饲养员的份内之事:用甲板刷给大象刷洗身体,归拢拉在地板上的巨大粪团,收拾其吃过的东西。尽管如此,双方彼此间结下的信赖感所酿出的独特的温馨氛围仍不容你无动于衷。饲养员打扫完地板,大象便摇晃着鼻子在饲养员背部轻轻叩击几下。我很喜欢观看大象的这个动作。

"以前你就喜爱大象?我是说不仅仅限于这头象……"她问。

"是的,我想是这样。"我说,"大象这种动物身上有一种拨动我心弦的东西,很早以前就有这个感觉,原因我倒不清楚。"

"所以那天也同样傍晚一人登后山看象去了,是吧?"她说,"呃——五月……"

"十七日,"我接道,"五月十七日晚上七点左右。那时节白天变得很长,空中还剩有一点火烧云。不过象舍里已经灯火通明。"

"当时象和饲养员都没有什么异常?"

"既可以说没有异常,又可以说有异常。我无法说得准确。因为毕竟不是相距很近,作为目击者的可靠性也可以说不是很高。"

"到底发生了什么?"

我喝了一口因冰块融化而酒味变淡的威士忌。窗外的雨仍下个不止,既不大下,又不小下,俨然一幅永远一成不变的静物画。

"也不是说发生了什么。"我说,"象和饲养员所作所为一如往常。扫除,吃东西,亲昵地挑逗一下,如此而已。平日也是如此。我感到不对头的只是其平衡。"

"平衡?"

"就是大小平衡,象和饲养员身体大小的比例。我觉得这种比例较之平时多少有所不同,两者之差似乎比平时缩小一些。"

她把视线投在自己手中的得其利杯上,静静注视良久。杯里的冰块已经融化了,如细小的海流一般试图钻进鸡尾酒的间隙中去。

"那么说象的身体变小了?"

"也许是饲养员变大了,也可能双方同时变化。"

"这点没告诉警察?"

"当然没有。"我说,"即使告诉,警察也不会相信,况且我若说出在那种时候从后山看大象,自己都难免受到怀疑。"

"那,比例与平时不同这点可是事实?"

"**大概**。"我说,"我只能说是**大概**。因为没有证据,而且我说过不止一次——我是从通风口往里窥看的。不过我在同一条件下观看大象和饲养员不下数十次,我想总不至于在其大小比例上发生错觉。"

噢,也许眼睛有错觉。当时我好几次闭目摇头,但无论怎么看,象的体积都没有变化。象的确有些缩小,以致一开始我还以为镇上搞来一头小象呢,可又没听说过(我绝不会放过有关象的新闻)。既然如此,那么只能认为是原来的老象由于某种原因而骤然萎缩。而且仔细看去,这小象的举止同老象的日常习惯简直一模一样。被冲洗身体时，象高兴似的抬右脚叩击地面，用多少变细的鼻子抚摸饲养员的后背。

那光景甚是不可思议。从通风口密切注视里面的时间里，我觉得象舍之中仿佛流动着唯独象舍才有的**冷冰冰**的另一种时间，并且象和饲养员似乎乐意委身于将彼此卷入——至少已卷入一部分——其中的新生体系。

我注视象舍的时间总共不到三十分钟。象舍的灯比往常关得早，七时三十分灯便熄了，所有一切都笼罩在黑暗之中。我在那里等了一会儿，等待象舍的灯重新闪亮，但再未闪亮。这便是我最后一次见到大象。

"那么说，你是认为象就势迅速萎缩变小而从栅栏空隙逃走了？还是认为完全消失了呢？"她问。

"不清楚。"我说，"我只是力图多少准确地记起自己亲眼见过的场面，此外的事几乎没有考虑。眼睛获得的印象实在太强烈了，坦率地说，我恐怕根本无法从中推导出什么。"

以上就是我关于大象失踪说的所有的话。不出我最初所料，这个故事作为刚刚相识的年轻男女交谈的话题未免过于特殊，况且其

| 象的失踪 |

本身早已完结。说罢，两人之间出现了许久的沉默。在谈完与其他事几乎毫不相关的大象失踪的话之后，我也罢她也罢都不知再提起什么话题为好。她用手指摩挲鸡尾酒杯的边缘，我则看着杯垫上的印字，反复看了二十五遍。我还是后悔自己不该提起什么大象，这并非可以随便向任何人开诚布公那种性质的话。

"过去，家里养的一只猫倒是突然失踪来着，"过了好久她开口道，"不过猫的失踪和象的失踪，看来不是一回事。"

"是啊，从大小来说就无法相比。"我说。

三十分钟后，我们在宾馆门口告别。她想起把伞丢在了鸡尾酒吧，我乘电梯帮她取回。伞是红褐色的，花纹很大。

"谢谢了！"她说。

"晚安。"我说。

此后我和她再未见面。有一次我们就刊登广告的细节通过电话，那时我很想邀她一起吃饭，但终归还是作罢。用电话讲话的时间里，蓦地觉得这种事怎么都无所谓。

自从经历大象失踪事件以来，我时常出现这种心情，每当要做点什么事情的时候，总是无法在这一行为可能带来的结果与回避这一行为所可能带来的结果之间找出二者的差异。我往往感到周围事物正在失去其固有的平衡。这也许是我的错觉。也许是大象事件之后自己内部的某种平衡分崩离析了,从而导致外部事物在我眼中显得奇妙反常。责任怕是在我这一方。

我仍然在这急功近利的世界上依据急功近利的记忆残片,到处推销电冰箱、电烤炉和咖啡机。我越是变得急功近利,产品越是卖得飞快。我们的产品推介会所取得的成功甚至超过了我们不无乐观的预想。我于是得以为更多的人所接受。或许人们是在世界这个大厨室里寻求某种协调性吧。式样的协调,颜色的协调,功能的协调。

报纸上几乎不再有大象的报道。人们对于自己镇上曾拥有一头大象这点似乎都已忘得一干二净。象广场上一度茂盛的杂草业已枯萎,四周开始漾出冬的气息。

大象和饲养员彻底失踪,再不可能返回这里。

家庭事件

或许这是世上常有的事——我从一开始就没法喜欢妹妹的未婚夫。久而久之，竟至对决心同这等男人结为夫妻的妹妹本人也开始怀有偌大的疑问。坦率说来，我想我是出于一种失望情绪。

这很可能是我性格偏激所使然。

至少妹妹对我是这样看的。尽管我们没有面对面提起这个话题，但妹妹显然看得出我不大中意她的未婚夫，并对我感到恼火。

"你这人看问题就是太片面！"妹妹说道。当时我们正在谈论意大利面。就是说，她指出的片面是就我对意大利面的看法而言的。

但显而易见，妹妹并非仅仅针对什么意大利面。意大利面往前一点有她的未婚夫，相比之下，她耿耿于怀的更是后者。不妨说，这类似一种转嫁战术。

事情是由星期天中午妹妹提议两人外出吃意大利面引起的,我也正想吃这东西,便答应说"好的"。于是我们走进车站前一家新开张的还算漂亮的意面店。我要的是蒜香茄汁意面,她要的是罗勒意面。面条上来之前我喝着啤酒,至此并无战事。五月,星期天,加之风和日丽。

问题是端上来的意面味道糟糕得简直足以用"灾难"一词来表达,表面软乎乎的,中间却有硬芯,至于奶油怕是连狗都不屑一顾。我死活消耗了一半,余下的叫女侍应生撤去。

妹妹斜眼打量了一会儿,并不做声,只是慢慢悠悠地吃着自己盘里的意面,直到吃完最后一根。我则眼望窗外景致,喝干了第二瓶啤酒。

"喂,别那么像故意剩给人家看似的好不好,何必呢!"等自己的盘子被撤走之后,妹妹开口了。

"太差!"我直截了当。

"也不至于差得非剩一半不可么!你应该忍耐一下才是。"

"想吃则吃,不想吃则罢。这是我的胃,不是尔的胃。"

| 家庭事件 |

"别尔尔尔的好不?求你了。一口一个尔,看上去活像老夫子一个!"

"是我的胃,不是**你**的胃。"我闻过即改。自从过了二十六岁,她便训练我不许叫她"尔",而代之以"你"。我实在不知晓这其间有何区别。

"这家店是新开的,厨房里的人肯定还没有上手。多少宽容一点总可以吧?"妹妹边说边喝着刚端上来的咖啡,咖啡色调苍白,一看就知道不可能好喝。

"或许言之有理。不过我想把味道差劲儿的食物剩下不吃也不失为一种见识。"我解释道。

"什么时候变得这么富有见识的?"妹妹问。

"你还来了个穷追不舍!"我说,"怎么,来月经了?"

"讨厌,少说怪话!我可犯不着给你这么说!"

"别大惊小怪嘛,**你**第一次月经来潮的时间我可记得一清二楚的哟!左等右盼硬是不来,还不是跟老妈一起找医生去了?"

"再不住口看我把包甩到你脸上去!"

见她真的动了肝火,我只好缄口不语。

"总的说来,你这人看问题就是太片面。"她一边往咖啡里加奶酪——那东西也一定难以下咽——一边说,"你只知道吹毛求疵说三道四,就是不肯往好地方看。一有什么不符合自己的标准,就手都不碰一下。叫人在旁边都看得忍无可忍。"

"不过那是我的人生,不是你的人生。"我说。

"可是那会伤害别人,给别人添麻烦!连手淫都不例外。"

"手淫?"我吃了一惊,"从何谈起,这?"

"上高中时你不是经常手淫把床单弄脏来着?我早都知道。洗那东西费劲死了!手淫的时候就不能注意不把床单弄脏?这就叫给别人添麻烦。"

"注意就是,"我说,"就此事来说。可我还是要重复一遍:我有我的人生,有喜欢的也有不喜欢的。这有什么办法呢!"

"不过那伤害人。"妹妹说,"为什么就不努力改正?为什么就不往事物好的一面看?为什么就不多少忍耐一点?为什么就不能长大?"

"是在长大。"我的自尊心有点受损,"我既能忍耐,又在往事物好的一面看。无非同你看的地方不一样罢了。"

"这叫傲慢！所以二十七岁了还找不到像样的恋人！"

"女朋友可是有的哟。"

"那只是**睡觉**，"妹妹说，"是吧？一年换一个睡觉的对象，有意思？没有理解没有爱情没有关心，有什么意思可言！和手淫是一码事！"

"我可没一年换一个。"我软了下来。

"半斤八两！"妹妹说，"你就不能想地道的问题，过地道的生活，嗯？"

我们的交流至此为止。往下无论我说什么，她都几乎不予理睬。

我着实不晓得她何以对我抱有如此想法。仅仅一年之前她还同我一起受用着我自以为一丝不苟而又富有伸缩性的生活，甚至还对我有一种崇拜的味道——如果我的感觉不错的话。而自从她同那个未婚夫有了来往以后，她便开始对我一步步非难起来。

这不公平，我想。我和她已足足交往了二十三年，兄妹之间好得无话不谈，甚至口角都未曾有过。她知道我手淫的事，我晓得她的初潮。她知道我第一回买避孕套的时间（我十七岁），我晓得她初次买蕾丝内裤的年纪（她十九岁）。

我同她的朋友约会过（当然没睡），她跟我的同伴也曾约会（自然不至于睡，我想）。总之我们就是这样一同长大的，而这种友好关系在这短短的一年时间里骤然变得支离破碎。每当想到这点，我便愈发气不打一处来。

在车站前商店，妹妹说要看鞋，我就把她扔下，独自返回住处。我给女朋友打去电话，她不在。当然不会在，周日下午两点风风火火地打电话找女孩一般都难以称心如愿。我放下话筒，翻了翻手帐，往另一个女孩家拨去。这是个不知在哪里蹦迪时认识的女大学生。她在家。我问她能否出来喝点什么。

"才下午两点啊！"她不大耐烦。

"时间算不得问题，喝着喝着就日落天黑了嘛。"我说，"还真有个最适合欣赏夕阳的好酒吧，要是三点钟赶不到可就没座位啰。"

"倒能附庸风雅。"

不管怎样，她总算出门了。此人肯定性情温柔。我驾起车，沿海边开至刚过横滨的地方，走进讲定可以望见海岸的酒吧。在这里，我喝了四杯加冰的 I.W.哈伯（I.W.Harper），女孩喝了两杯香蕉得其利——香蕉**得其利**（Banana Daiquiri）！并欣赏了夕阳。

"喝那么多还能开车？"女孩不无关切地问。

"放心，"我说，"就酒精而言，我还没有超额。"

"没有超额？"

"就是说喝四杯左右正相合适，所以放心好了，没问题。"

"得得。"她说。

随后，我们返回横滨吃饭，在车中接了吻。我邀她进旅馆，她拒绝了。

"还放着卫生巾呢。"

"拿掉就行了嘛！"

"开玩笑，才第二天。"

罢了罢了，我想，这一整天简直莫名其妙。早知如此，还不如一开始就找女朋友幽会去。本来想同妹妹好好消磨一天（已经很久没有这样了），所以这个星期天才没安排任何节目，结果却落到了这般凄惨的地步。

"对不起。不过不是骗你。"女孩说。

"没关系,甭介意。这不是你的责任,是我的责任。"

"我来月经是你的责任?"女孩满脸不解的神情。

"不不,我说的是巧合。"当然是巧合,一个实际上不相识的女孩怎么会因为我而非来月经不可呢!

我用车把她送到世田谷家里。途中离合器发出低微而刺耳的"咔咔"声,我叹了口气,瞧这光景,得送去修理厂了。一件事不顺利,所有事都连锁性地乱了章法,典型的倒霉一天。

"近来还可以约你?"我问。

"见面?还是去旅馆?"

"两方面。"我爽爽快快地说,"这种事其实是互为表里。如同牙膏和牙刷一样。"

"呃——我想想看。"

"嘀,别把脑袋想老化才好。"我说。

"你家在哪儿?不能去玩一次?"

"不成,和妹妹住一起。我俩早有公约:我不召女人进来,她不领男人进门。"

"真是妹妹?"

"真的,下回把她的住民票复印一张带来。"

女孩笑笑。

看她消失在自家门内以后,我开起车,耳听着离合器的"咔咔"声一路返回住处。

房间漆黑一团。我开门按灯,招呼妹妹的名字,但哪里都没有她的身影。这家伙,夜晚十点跑到哪里去了!我找了一会儿晚报,没找见,周日不来晚报。

我从冰箱里取出啤酒,连同杯子一起拿到客厅,打开组合音响,往唱盘放上赫比·汉考克(Herbie Hancock)的新唱片,随即边喝啤酒边等音箱发出声音,然而怎么等也不出声。这时我才好歹记起:音响三天以前就已坏掉。电源自是接通了,但硬是无声无息。

同样,电视也看不成。我用的是监控用电视接收机,只有通过组合音响才能发声。

无奈,我只好盯视无声的电视画面来喝啤酒。电视上在放过去的战争影片。非洲战场。隆美尔的装甲车队。装甲车打着哑巴炮弹,自动步枪默默地四下扫射,人们不声不响地死去。

罢了罢了!我叹息一声,这已经是今天的第十六次叹息了——

大致不至于记错。

*

我和妹妹两人生活，开始于五年前的春天，其时我二十二，妹妹年方十八。也就是我大学毕业开始工作，妹妹高中毕业开始上大学那年。父母是以同我住在一起为条件同意妹妹来东京读大学的。妹妹说不碍事，我也说这好办，父母于是为我们租了一套有两个大单间的公寓。房租的一半由我负担。

前面也说过，我和妹妹关系很好，两人一起住几乎没使我感到有什么痛苦。我在电器厂商的广告部工作，因此早晨上班较晚，晚上回来也迟。妹妹则一大早赶去上学，一般黄昏时分就回来了。这么着，我睁眼醒来她已不在，晚间归来她已睡着，大多如此。加上每周的周末和周日我大多用来同女孩幽会，和妹妹正经搭话一周也就是一两次。不过我想这倒也好，两人因此而没有吵嘴的时间，又不至于相互干涉隐私。

只有一次我握她的手从半夜一点一直握到三点。下班回来时见她正俯在厨房餐桌上哭泣。我猜想，俯在厨房餐桌上哭泣大概意味着希望我为她做点什么,假如要我别理睬,那么只管在自己房间哭泣就是。虽说我这人或许真的偏激真的自私,但这点情理也还是懂得的。

所以我就坐在旁边一动不动地握着妹妹的手。自从小学时代一起捉蜻蜓那次以来,我还再没有握过她的手。妹妹的手比我记忆中的要大得多厚实得多——这也是理所当然的。

结果她就以那样的姿势一言不发地哭了两个钟头。我不得不佩服她体内居然储存了这么多眼泪。若是我,哭不上两分钟身体就会干瘪下去。

时至三点,我到底有些体力不支,想就此告退。这种时候作为兄长必须说点什么。尽管我不擅长,但必须搜肠刮肚。

"我全然不想干涉你的生活,"我说,"人生是你自己的,随便你怎么生活都无所谓。"

妹妹点点头。

"不过想忠告你一句:包里最好不要放避孕套,以免人家把你当成娼妓。"

听到这里,她马上抓起桌上的电话簿,猛地朝我砸来。

"干嘛偷看人家的包！"她大声吼道。此人一发脾气就扔东西。为了不再刺激她，我也没有说从未看过她的包。

但无论如何，她总算止住了哭，钻到自己床上去了。

妹妹大学毕业在一家旅行社工作以后，我们这种生活程序也没有丝毫改变。她的单位九点上班五点下班，循规蹈矩；我的生活则愈发不可收拾。每天上午到厂，在桌前看看报纸，吃顿午饭，至下午两点才真正着手工作。傍晚开始同广告代理商碰头协商，喝酒，折腾到半夜过后才回家，天天如是。

在旅行社工作的第一年暑假，妹妹同一个女伴一起到美国西海岸旅游了一次（当然是优惠价），其间和那个旅行团里一个比她大一岁的电脑工程师热乎起来，回国后也动辄同他幽会。这种情况倒是常有，我却是从根到梢深恶痛绝。不说别的，对那种由人包办的旅游我就最讨厌不过，至于什么在那期间同某某人相识为友，一想都叫人头疼。

不过，同那个电脑工程师来往以后，妹妹倒是显得比以前开朗多了。房间收拾得井井有条，身上的穿戴也开始讲究起来。这以前无论去何场所，她都穿一件工作服衬衫、一条褪色的蓝牛仔裤，一双轻便运动鞋。而今讲究打扮的结果，使得鞋柜里全是她的鞋，家中到处扔满洗衣店的铁丝衣架。她变得经常洗洗刷刷，经常熨衣服（以前卫生间里脏衣物堆得活像亚马逊河边的蚁冢），经常烧菜做饭，经常清扫房间。我总隐约觉得这是一种危险征兆。女孩一旦出现这种征兆，男方或吓得落荒而逃，或只好结婚了事。

后来，妹妹给我看了那位电脑工程师的照片。给我看什么男人照片的举动，在妹妹也是头一遭。这也同样是危险征兆。

照片有两张。一张是在旧金山渔人码头照的，妹妹和那电脑工程师笑眯眯地并立在旗鱼前面。

"好一条旗鱼！"我说。

"别开玩笑，"妹妹说，"我可是认真的。"

"那么说什么好呢？"

"什么也不用说。这就是他。"

我重新把照片拿在手上，端详男子的脸，如果说世界上有一看就生厌那种类型的脸的话，便是这张面孔。不仅如此，这电脑工程师的气派还居然同我高中时代一个最讨厌的社团高年级同学不谋而合。那小子长相并不恶心，但大脑空无一物，总喜欢强加于人，而且记忆力好得和大象一样，对鸡毛蒜皮的无聊小事永远记得毫厘不爽，想必是用记忆力来弥补智商的不足。

"干了多少次？"我问。

"别胡说八道！"妹妹到底脸红起来，"别以小人之心度君子之腹。世上的人可不都像你那个德性。"

第二张是回国后照的。这回是电脑工程师单人的形象。他穿一件皮夹克，靠着一辆大型摩托，表情则同在旧金山的毫无二致，大约是没有现成的表情。

"他喜欢摩托。"妹妹说。

"一看就知道，"我说，"否则不至于专门穿什么皮夹克。"

这或许也是由于我性格偏激所致——总的来说我不喜欢摩托车爱好者。架势矫揉造作，广告性的东西太多，但对此我决定不置一词。

我默默地把照片还给妹妹。

"那么，"我说。

"**那么**是什么？"妹妹追问。

"'那么'就是说你作何打算嘛。"

"说不清,也可能结婚。"

"你是说他提出结婚啰?"

"算是吧,"她说,"我还没有回话。"

"噢——"

"说实在话,我还刚刚工作,也想一个人再快活一段时间,虽然不能像你那样走火入魔。"

"应该说这属于一种健全想法。"我承认。

"可他人不错,结婚也未尝不可,"妹妹说,"正在考虑之中。"

我再次把桌上的照片拿在手上审视一番,心里还是不以为然。

这是圣诞节前的事。

过了年不多日子,母亲一天早上九点打来电话。我正在一边听布鲁斯·斯普林斯汀的《生在美国》(Born in the U.S.A.),一边洗脸。

母亲问我知不知道妹妹结交的那个男子。

不知道,我说。

母亲告诉说接得妹妹的信,说两周后的周末想同那男子一道回家。

"莫不是想结婚吧?"我说。

"我这不是问你是什么样的人么,"母亲说,"想在见面之前多了解一些。"

"怎么说呢,还没见过面。只知道比妹妹大一岁,是个电脑工程师,好像是在 IBM 那样的地方工作。总之是三个字母的,再不就是 NEC 或 TNT 什么的。从照片上看,长相还马马虎虎。当然不符合我的口味,又不是我和他结婚。"

"从哪所大学毕业,家里情况怎样?"

"那我怎么知道!"我吼叫起来。

"不能见一面多打听些?"母亲说。

"不干,人家正忙着。两周后你自己问不就行了嘛!"

但最终我还是得见一见这位电脑工程师。下周日妹妹去他家正式拜访,要我跟她同去。没奈何,我只得穿上白衬衣,扎上领带,穿一套最为端庄稳重的西装,到那人在目黑的家里去。他家在一条古老的住宅区的正中,甚是堂而皇之。车库中停着以前在照片上看到过的本田 500cc。

"好一条神气活现的旗鱼!"我说。

| 家庭事件 |

"喂,我求你了,别再开你那种无聊的玩笑,只今天一天就成。"妹妹道。

"领教了。"我说。

那人的双亲十分规矩地道——尽管稍有过分之嫌,十分气度不俗。其父是石油公司举足轻重的角色,同我们父亲在静冈的石油销售连锁店有些业务往来,因此在这方面两家并非毫无干系。其母用高雅的茶盘托着红茶杯送来。

我一本正经地寒暄一番,递上名片,对方也送我一张。我说,本来应由我们的父母前来,但今天有事无法脱身,便由我代替登门,父母改日再来正式拜访。

他父亲说,情况从儿子口中听说了一些,今天见面看来,更知令妹容貌出众,嫁我家儿子可说委屈了,加上府上也不比一般家庭,因此对这桩婚事自己毫无异议,云云。我猜想,肯定是事先做了详细调查,不过总不至于连十六岁尚未来潮以及苦于慢性便秘这等事也调查个水落石出。

叙罢外交辞令,其父为我斟了杯白兰地,味道相当不错。我们一边喝着,一边谈论各自工作上的事。妹妹用拖鞋尖往我脚上踢了一下,提醒我别喝过头。

这时间里,那位身为儿子的电脑工程师一声不吭,只管神情紧张地在父亲身旁正襟危坐,一看就知道至少在这个屋脊下是处于父亲的权力控制之下的。我心里不由暗暗叫绝。他穿一件迄今为止我见所未见的图案奇妙的毛衣,里面套一件色调不合的衬衫。真是阴差阳错,妹妹就是不能找一个比此君多少乖觉开窍一点之人!

时至四点,谈话告一段落,我们起身告辞。电脑工程师把我们两人送至车站。

"找地方喝杯茶好吗?"他问了一句我和妹妹。我本不想喝什么茶,更不愿意同这等穿怪模怪样毛衣的人坐在一起,但又怕拒绝了情况不妙,于是同意。三人搭伴走进附近一家酒吧。

他和妹妹要咖啡,我要啤酒。竟无啤酒,只好也喝咖啡。

"今天实在谢谢了,亏您帮了大忙。"他向我致谢。

"哪里,也是应做的事嘛。"我老老实实地应道,我早已没了开玩笑的气力。

"经常听她提起哥哥的事。"他说。

哥哥?

我用咖啡匙搔了一下耳垂，又放回碟里。妹妹再次踢了我一脚。好在电脑工程师看样子根本没有觉察出我这动作的含义，大概尚未开发出二进制玩笑吧。

"关系像是十分融洽，我都很羡慕的。"他说。

"每有什么高兴事，就互相拿脚来踢。"我回答。

电脑工程师现出颇为不解的神情。

"开玩笑呢，"妹妹厌烦地说，"他这人就喜欢开玩笑。"

"是开玩笑。"我附和一句，"家务两人分担，她洗衣服，我负责开玩笑。"

电脑工程师——其准确的姓名叫渡边升——听罢，不无释然地笑了。

"开朗又有什么不好，我也想有那样的家庭。开朗最好不过。"

"喏喏，"我对妹妹说，"开朗最好不过，你可是太神经质了哟！"

"**要是开的玩笑有趣的话。**"妹妹说。

"可以的话，准备秋天结婚。"渡边升说。

"婚礼还是秋天好啊,"我应道,"小松鼠和老灰熊都可以叫来。"

电脑工程师笑了,妹妹则没笑,看上去她真的开始动气了。于是我说有事,先离席走了。

回到住处我就给母亲打了电话,汇报了大致情形。

"那小子还没那么糟糕。"我搔着耳朵说。

"什么叫没那么糟糕?"母亲问。

"就是说还算**地道**,起码比我地道。"

"你也没什么不地道嘛!"母亲说。

"真高兴,谢谢。"我眼望天花板道。

"大学是哪里来着?"

"大学?"

"从哪个大学毕业的,那人?"

"那事你问本人去好了!"说罢,我挂断电话。然后从冰箱里拿出啤酒,一个人百无聊赖地喝着。

*

为意面吵嘴的第二天,我睡到八点半醒来。又是个和昨天一样的大晴天，万里无云，活像昨天尚未过完。人生不过中断了一夜，现在又一如既往。

我把出汗弄湿的睡衣和内衣扔进脏衣篓，开始淋浴、刮须，边刮边想昨晚差一点点**到手**的那个女孩。算了，那是一种不可抗力所使然，况且作为自己已尽了最大努力。机会也还多的是，估计下礼拜天当手到擒来。

在厨房我烤了两片吐司，热了杯咖啡，接着想听听短波，又想起组合音响早已坏掉，只好作罢，于是边看报纸上的读书栏目边啃面包。这读书专栏居然一本也没有介绍我想看的那一类书，尽是什么描写"老年犹太人幻想与现实交错的性生活"的小说，什么精神分裂症治疗史的考证，什么足尾矿中毒事件全貌等等。与其读这等书，还不如跟女子垒球队的那员主将睡觉开心惬意得多。报社怕是存心跟我们过不去才选这种书的。

"喳喳"嚼罢一片烤吐司，把报纸放回桌上时，发现果酱瓶底下压着一张纸条，上面是妹妹惯用的小字，写道这个周日叫渡边升来吃晚饭，要我乖乖待在家里作陪。

吃完早餐，我抖落衬衫上落的面包屑，把餐具扔进水槽，赶紧给妹妹所在的旅行社打电话。妹妹接过说现在忙得不亦乐乎,过十分钟由她那边打过来。

电话是二十分钟后打来的。这二十分钟时间里我做了四十三次俯卧撑,剪了手脚总计二十枚指甲,选好了要用的衬衫、领带、上衣和西裤,并且刷了牙,梳了头,打了两个哈欠。

"纸条看了?"妹妹问。

"看了。"我说,"不过对不起,这个星期不成,我早有约会。要是早些知道我留出时间就好了,万分遗憾。"

"别空口说白话了。什么约会,还不是同哪个连名字都没记住的女孩跑出去胡闹?"妹妹冷冷地说,"不能改到周末去?"

"周末要去制片厂做电热毯的 CF 广告。眼下忙得很哩。"

"那就取消约会!"

"取消要付赔偿费的。"我说,"正处于微妙阶段。"

"我这方面就不微妙了?"

"我不是那个意思。"我把领带搭在椅背的衬衫上,"我们不是有言在先说好互不干涉对方生活吗?你同你的未婚夫吃饭,我同我的女朋友幽会——这不挺好么?"

"好什么好,你一直没见他吧,嗯?总共见过一次,况且是四个月前的老皇历了,这成什么话!本来有好几次见面机会,你总是左逃右躲的,不是吗?你就不觉得不尽情理?那可是你妹妹的未婚夫,一块吃顿饭总不过分吧?"

妹妹所言也有一分道理,我便不再言语。的确,我是有意逃避可以极为自然地同渡边升坐在一起的机会。我觉得无论怎么想自己同渡边升之间都没有什么共同语言,再说开那种须配同声翻译的玩笑亦非易事。

"求求你,就陪一天好了。这样,等夏天一过我就不再影响你的性生活了。"妹妹说。

"我的性生活可是微不足道的哟,"我说,"说不定过不了夏天。"

"反正这个星期你肯在家是吧?"

"真没办法。"我不再坚持。

"大概他会修理组合音响的。那个人,这方面可有两手呢。"

"手指灵巧啰。"

"别胡思乱想!"说罢,妹妹放下话筒。

我打好领带，去工厂上班。

这个星期一连串全是晴天，似乎每天之间全无分别。周三晚上我给女朋友打去电话，告诉她这个星期工作忙，周末怕是见不成了。我已有三个星期没见这个女朋友了，她当然快快不乐。接着我话筒也没放，又往周日幽会过的那个女大学生家拨动转盘，她不在。周四周五同样不在。

周日早上，八点钟便给妹妹吼了起来。

"洗床单，别睡个没完。"说着，她扯掉床单枕套，剥去我的睡衣。我无处可去，便冲个淋浴，刮了胡须。这家伙越来越像老妈那架势了，我想。女人这东西简直同大马哈鱼无异，别看嘴上说什么，终归必定回到一个地方去。

从卫生间出来，我穿上短裤，套上字迹几乎消尽的褪色T恤，一边伸着十分悠长的懒腰，一边喝橙汁。昨晚的酒精还在体内剩有许多，连翻报纸的情绪都上不来。桌上放着苏打饼干罐，我嚼了三四片，充作早餐。

妹妹把床单塞进洗衣机，又拾掇了我的房间和她自己的房间。东西洗毕，又拿抹布和清洁剂擦起客厅和厨房的地板和墙壁来。我则一直在客厅沙发上歪着身子,看一位在美国的朋友寄来的《好色客》(Hustler)杂志上未修饰过的全裸照。女性的隐秘处说起来倒是一个词,实际上尺寸和形状各所不一,同身高和智商一个样。

"喂,别在那里东倒西歪的,快买东西去!"说着,妹妹递给我一张写得密密麻麻的单子。"另外把那本书藏到看不见的地方去,人家可是个规矩人。"

我把《好色客》放到桌面上,细看单子:莴苣、番茄、西芹、法国汁、烟熏三文鱼、芥末、洋葱、高汤、马铃薯、欧芹、牛排三块……

"牛排?"我说,"我可是昨天刚吃过牛排,讨厌死了。炸肉饼倒好一些。"

"你昨天吃了牛排倒也罢,可我们没吃。别再啰嗦了,特意请人家吃晚饭,总不能端出炸肉饼吧!"

"我被女孩叫去吃饭,一端上刚炸出的肉饼,心里就感动得不行。再配上一大堆切得细细的白甘蓝,另加蚬酱汤……生活就该是这副样子。"

"总之今天吃定牛排了,炸肉饼下次让你吃个死去活来就是。

今天就别再说三道四,耐住性子吃牛排好了,求你了!"

"好的好的。"我体贴地说。我固然牢骚满腹,但终归还是通情达理、和蔼可亲之人。

我去附近一家超市买好单子上的东西,又到酒店买了四千五百日元的夏布利葡萄酒(Chablis),算是我给两个订婚青年的礼物。若非和蔼可亲之人,如何能想到这一点?

回到家,床上放着叠好的拉夫·劳伦牌蓝色Polo衫和一尘不染的浅驼色棉布裤。

"把这个换上。"妹妹说。

我心想还真够费劲的,不过还是老老实实地换了。再说什么都无济于事,反正我那充满温馨脏味的平和的休息日是不会好端端地失而复得了。

*

三点,渡边升来了。当然还是骑着摩托,乘风呼啸而至。他那辆本田500cc"砰砰"的不吉利的排气声,远在五百米开外都听得一清二楚。从阳台往下探头,见他把摩托停在公寓门旁,正在摘安全帽。庆幸的是，除去那个贴有 STP 商标的安全帽，他今天的一身装束还算和普通人相差无几：一件过于棱角分明的衬衫，一条宽宽松松的白西裤，一双带装饰穗的茶色乐福鞋。唯独鞋和皮带的颜色有欠协调。

"像是你旧金山的相好驾到了！"我向正在厨房水槽旁削马铃薯皮的妹妹报告。

"你陪他一会儿可好？我还要准备晚饭。"妹妹说。

"这怕不大好办，又不知道说什么好。我来准备饭菜，你两个聊去好了。"

"傻话，那成什么体统？你去说！"

听得铃响，赶紧开门，渡边升正在门外。我把他请进客厅，让他在沙发坐定。他带了礼物来：居然是一大盒装得满满的芭斯罗缤（Baskin-Robbins）冰淇淋。我家冰箱本来就小，加之堆满了冷冻食品，费了九牛二虎之力才把冰淇淋塞进去。真是个尽添麻烦的家伙，干嘛偏偏选中冰淇淋拎了来！

随后我问他喝不喝啤酒，他回答不喝。

"体质上受不住酒的。"他说，"只消喝一杯啤酒心里就觉得难受。"

"我在学生时代跟朋友打赌,满满喝过一面盆啤酒。"我说。

"后来怎么样了?"渡边升问。

"整整两天小便都带有啤酒味儿。"我说,"这还不算,连**打嗝**也……"

"我说,能不能趁这工夫看一下组合音响?"妹妹嗅出形势不妙,进来把两只橙汁杯放在茶几上,插嘴道。

"好的好的。"他满口应承。

"听说你手指灵巧?"我问。

"那是,那是,"他倒也干脆,"过去就喜欢组装塑料模型和收音机之类。家里大凡坏的东西都给我一股脑儿修好了。组合音响什么地方有问题?"

"出不来声。"说着,我按下放大器开关,放上唱片,用以证明无声。

他像只獴似的一下子坐在音响前,一一确认开关。

"问题出在放大器(amp)系统,而且不是内部故障。"

"何以见得?"

"归纳法。"他说。

嗬，归纳法！

接着，他拉出小型前置放大器（pre-amp）和功率放大器（power amp），全部拆开接线，一个个地仔细检查。这时间里，我自管从冰箱里拿出罐装百威啤酒，一个人喝着。

"喝酒毕竟有意思吧？"他一边用自动铅笔头捅着线接头一边说。

"怎么说呢，"我应道，"很早以前一直喝过来的，很难说有意思还是没意思。无从比较嘛。"

"我也在一点点练习。"

"练习喝酒？"

"嗯，是的。"渡边升说，"奇怪？"

"不奇怪。最好先从白葡萄酒开始。拿个大号的玻璃杯，把葡萄酒连同冰块放进去，再对点巴黎水，加进柠檬片来喝。我倒是当果汁喝的。"

"试试看。"他说，"啊，呃，到底是这个。"

"是什么？"

"前置放大器和功率放大器之间的连接线。左右两边的 RCA 音频线都整个拔了出来。这种音频线在结构上很难应付上下摇动,不过也是做得缺乏考虑。这放大器最近没有用力动过?"

"这么说来,打扫后面时倒是动过。"妹妹说。

"那就是了。"他说。

"不是你那家工厂的产品么?"妹妹对我说,"真是缺德,使用这么差劲的接头!"

"又不是我做的,我只做广告。"我放低声音。

"要是有烙铁,马上就可以弄好。"渡边升说,"有么?"

没有,我说。如何能有那玩意儿。

"那,我骑摩托去买好了。有个烙铁还是方便的。"

"那或许是。"我情绪低沉下来,"不过知道哪里有五金商店?"

"晓得,刚才路过来着。"渡边升说。

我又从阳台探出头,眼看渡边升戴上安全帽,跨上摩托远去。

"人不错吧?"妹妹问。

"是让人心情放松。"我说。

|家庭事件|

*

修好 RCA 音频线,已快到五点了。他说想听轻松些的音乐,妹妹于是把胡里奥·伊格莱西亚斯(Julio Iglesias)的唱片放上。**胡里奥·伊格莱西亚斯**!我暗暗叫苦,家里边何以有这等鼹鼠粪一样的货色!

"哥哥喜欢什么样的音乐?"渡边升问。

"这个就顶喜欢。"我索性顺水推舟,"此外还有布鲁斯·斯普林斯汀啦、杰夫·贝克(Jeff Beck)啦、大门乐队等等。"

"哪个都没听过,"他说,"味道仍和这个差不多?"

"大同小异。"我说。

接着他谈起他所属的课题组眼下正在开发的新电脑系统。这个系统可以在发生铁道事故的时候瞬间计算出最有效的掉头运行时刻表。听起来的确方便实用,但对我来说,其原理简直同芬兰语的动词变化一样令人摸不着头脑。他热心讲解的过程中,我适当地点头称是,脑袋里却一直琢磨着女孩:下个休息日同何人在何处喝酒,在何处吃饭,进何处的旅馆。肯定我是生来就喜欢干这行当,如同有人喜欢做塑料模型，或喜欢做列车运行时刻表一样，我则喜欢同各种各样的女孩喝酒，再同她们睡觉。这想必类似一种超乎人们理智的宿命。

我喝光第四瓶啤酒的时候，晚饭做好了。菜谱是烟熏三文鱼、维希冷汤、牛排、色拉和炸薯条等。像平时一样，妹妹做的菜味道是不坏。我打开夏布利葡萄酒，只管自斟自饮。

"哥哥为什么在电机厂工作呢？听你的口气，好像不大喜欢电气。"渡边升一边用刀切着嫩牛排一边问。

"他这个人，大凡有益的有社会价值的事情都不大喜欢，"妹妹说，"所以在哪里工作都无所谓。进那个地方也无非是因为碰巧有门路罢了。"

"完全正确！"我极力赞成。

"脑袋瓜里只有吃喝玩乐，至于认真研究点什么呀，向上进取呀，压根没那念头。"

"夏日里的蟋蟀。"我说。

"而且斜眼观看认真生活的人幸灾乐祸。"

"这话不对。"我说，"别人与我是两回事。我不过是按照自己的想法消费额定的热量，别人与我了不相干，也没有**斜眼观看**。的确，我这人或许趣味低级，但至少不妨碍别人。"

"哪里谈得上低级趣味！"渡边升几乎条件反射地应声道。肯定是家教良好。

"谢谢。"说着，我举起葡萄酒杯，"祝贺二位订婚，我一个人喝倒是不好意思。"

"婚礼打算十月举行。"渡边升说，"小松鼠和老灰熊可是都叫不来。"

"那个不必理会。"我说。好家伙，此人原来也会开玩笑。

"新婚旅行去哪里？可以利用优惠价吧？"

"夏威夷。"妹妹答得爽快之极。

往下，我们谈起了飞机。我刚看了几本关于安第斯山空难事件的书，便提起这个话题。

"想吃人肉的时候，把肉放在飞机铝合金碎片上，用太阳烧一会就行。"我说。

"喂喂，正吃饭你干嘛非得说这种反胃的话？"妹妹停下筷子，拿眼睛瞪着我。"跟别的女孩子谈情说爱时饭桌上也说这个？"

"哥哥还没有结婚的打算?"渡边升连忙居中岔开。这场景,简直像关系恶劣的夫妇找人调停。

"没机会啊。"我边往嘴里放薯条边说,"又要照料年幼的妹妹,又长年战火不熄。"

"战火?"渡边升愕然反问,"什么战火?"

"无聊的玩笑!"妹妹一面撒调味料一面回答。

"是无聊的玩笑。"我也承认,"不过没机会这点倒是千真万确。我不光性格偏激,且又懒得洗袜子,一直没有运气碰上认为同我一起生活也未尝不可那样的高尚女孩。和你不同。"

"袜子又怎么啦?"渡边升问。

"那也是玩笑。"妹子用疲惫的声音解释道,"袜子我每天给他洗的。"

渡边升点下头,笑了一秒半。我暗下决心,下次定让他笑上三秒。

"可她不是一直同你一起生活么?"他指着妹妹说。

"毕竟是妹妹嘛。"我说。

"因为我一概不说长道短,无论你怎么胡作非为。"妹妹接道,"不过真正的生活不是这个样子的——**真正的成年人**的生活。

真正的生活应该人与人坦率地正面交锋。确实，同你一块生活这五年时间是自有其快乐，自由自在，无拘无束。但近来我开始觉得这并非真正的生活。怎么说呢，从中感觉不到生活的实质。你只顾考虑你自己的事，一谈点正经事你就打哈哈取乐。"

"这只是内向罢了。"我说。

"是傲慢！"妹妹反驳。

"内向而傲慢。"我一边往杯里倒葡萄酒，一边对着渡边升说明，"我是在内向与傲慢之间掉头运行。"

"似乎可以理解。"渡边升点点头，"不过剩下一个人以后——就是说她同我结婚以后——哥哥该考虑同谁结婚了吧？"

"有可能。"

"真的？"妹妹问我，"要是真那样想，我可以介绍一个，我朋友里有好女孩的。"

"到时候再说吧。"我说，"眼下还不太保险。"

*

吃完饭，我们转到客厅喝咖啡。妹妹这回放了张威利·纳尔逊

（Wille Nelson）的唱片。谢天谢地，总比胡里奥略微中听。

"说实话，我也想像你那样单身过到三十岁来着。"妹妹在厨房洗碟刷碗的时间里，渡边升对我直言相告，"但遇到她以后，就无论如何都想要结婚。"

"是个好孩子。"我说，"多少有点固执、便秘，但作为一种选择实属明智之举。"

"可结婚这东西，总好像叫人有点害怕。"

"只看好的方面，只往好处去想，那就没什么好怕的了。有糟糕事发生，到时候再想不迟。"

"或许。"

"到底是别人的事嘛。"说罢，我去妹妹那里，说要到附近散一会步。"要是过十点还没回来，你俩只管寻欢作乐好了。床单不是已经换了么？"

"你这人专门往怪地方动心机！"妹妹很是惊讶，但对我出去并未反对。

我又回到渡边升这里，说去附近办点事，也许回来晚些。

"和你聊这么多，真叫人高兴。"渡边升说，"结婚后也尽管来玩就是。"

"谢谢。"我的想象力顿时卡壳,再未多言。

"别开车去了,今天你喝得够多的。"临出门时妹妹关照道。

"走路去。"我说。

快八点时,我走进近处一家酒吧。我在吧台前坐下,喝着I.W.哈伯加冰威士忌。吧台里的电视机正在转播巨人队对养乐多队的棒球赛。当然,声音已经消掉,而代之以播放辛迪·劳帕(Cyndi Lauper)的唱片。投手是西本和尾花,养乐多队以三比二获胜。我心想,看无声电视倒也不失为一种乐趣。

看棒球转播的时间里,我喝了三杯威士忌。时至九点,棒球打到第七局,得分三比三,至此转播结束,电视机关了。我发现旁边隔一个座位坐着一个时常在这酒吧里见到的二十岁上下的女孩。转播一完我就和她聊起棒球,她说自己是巨人迷,问我喜欢哪个队。我回答哪个都无所谓,只不过喜欢看比赛本身而已。

"那样能看出劲头来?"她问,"肯定投入不进去吧?"

"投入不进去也没关系,"我说,"反正是别人干的勾当。"

接着,我又喝了两杯加冰威士忌,为她要了两杯得其利。她在美术大学学商业设计专业，于是我们谈起广告美术。十点钟，我和她走出这家酒吧，转移到椅子多少宽大些的店里去。在此我又喝威士忌，她喝"青草蜢"（Grasshopper）。她已有相当醉意，我也到底有些过量。到十二点，我把女孩送到她的公寓房间，水到渠成地性交了一场，如同拿出坐垫和端茶倒水一样顺乎自然。

"关灯！"她说。我把灯关掉。从窗口可以望见"尼康"的巨大广告塔，隔壁传来电视里大声播放职业棒球赛新闻的声音。房间黑暗，加之醉醺醺的，到底干了什么连自己都懵懵懂懂。这其实不能称之为性交，不过是启动那个物件排泄液体罢了。

这种已经适度简化的走过场式的程序刚一结束，女方便急不可耐似的睡了过去。这么着，我连那排泄物也没擦好便穿上衣服离开了房间。摸黑在同她的衣服混在一起的衣服堆里找出自己的Polo衫、内裤和长裤，费了好一番周折。

走到门外，醉意犹如半夜里的货物列车一样急剧穿过我的全身，心绪一塌糊涂，身体像《绿野仙踪》中的铁皮人似的颤抖不止。为了醒酒，我从自动售货机里买瓶汽水喝了。不料几乎在喝完的同时，胃里的东西统统倾泻到了路上：牛排、烟熏三文鱼、莴苣、番茄的残渣余孽。

我心里叫苦不迭。有多少年没吐过了呢？近来我究竟干什么来着？本来一切周而复始，然而周而复始当中形势似乎在不断恶化，不是么？

继而，我没头没脑地思索起渡边升和他买的烙铁。

"有个烙铁还是方便的。"渡边升说。

健全的想法——我边用手帕擦嘴边想。托你之福，我家里这回有了个烙铁。但由于有这个烙铁，我甚至觉得这个家仿佛不再是自己的居所了。

大概是我的偏激性格所使然吧。

*

回到住所，半夜都已过了。大门口那辆摩托当然已不见其影。我乘电梯上到四楼，用钥匙开门进去。里边仅有厕所水槽上面一灯如豆，其余一片漆黑。妹妹怕是不耐烦地先睡了。心情不难理解。

我往杯里倒满橙汁，一口气喝了下去。随即进去淋浴，用香皂把散发出讨厌气味的汗水打掉冲去，又仔细刷了牙。淋浴完对着卫生间镜子一看，面目甚是狰狞，自己都不寒而栗，活像不时在末班电车座席上看到的烂醉如泥的中年汉子那张脏脸，皮肤粗糙，眼窝下陷，头发无光。

我摇摇头关掉卫生间的灯，腰上只缠条浴巾，折回厨房喝自来水。明天总会好起来的，我想。不行也明天再想不迟。车到山前必有路。人生如流水。

"真够晚的！"妹妹从昏暗中招呼道。原来她坐在客厅沙发上独自喝啤酒。

"喝酒来着。"

"喝多了，你。"

"知道。"我说，然后从冰箱里取出一罐啤酒，拿在手上坐在妹妹对面。

好半天我们什么也没说，只是不时倒一口罐里的啤酒。风摇晃着阳台上盆栽植物的叶片，更远处现出半轮朦胧的月。

"跟你说，没有干。"

"干什么？"

"什么都。心里别扭干不成。"

"噢。"不知为什么,半轮月的夜晚我总是懒得说话。

"你就不问一句有什么好别扭的?"妹妹说。

"有什么好别扭的。"我问。

"这房间嘛。这房间叫人心里别扭,在这里干不成,我。"

"嗬。"

"嗯,为什么?莫不是身体不舒服?"

"累了,"我说,"我都累了。"

妹妹默默地看我的脸。我把最后一口啤酒喝干,把头歪在沙发背上闭起眼睛。

"是因为我们你才累的?"妹妹问。

"不是。"我闭着眼睛回答。

"累得说话都没力气了?"妹妹小声细气。

我坐起身,看着她,摇摇头。

"我说,今天我对你说的话是太过分了吧?就是关于你本人的,关于你生活方面的……"

"哪里。"

"真的?"

"这段时间里你的话全都正正当当,不必介意。可你为什么突然想到这上面?"

"他走后,我一直在这里等你回来,就一下子想到了这点,觉得有些话怕是说过火了。"

我从冰箱里拿出两罐啤酒,打开组合音响,调小音量,放上理查·贝瑞驰(Richie Beirach)三重奏的唱片。这是我深夜醉酒回来常听的唱片。

"肯定心情有点混乱,"我说,"在类似生活变化的情况面前。和气压变化一个样。我也有我的混乱,多多少少。"

她点点头。

"我冒犯你了?"

"大家都在冒犯别人。"我说,"不过要是你选择我来冒犯的话,这一选择并没有错,所以别往心里去。"

"有时我好像怕得很,对于将来。"

"只看好的方面,只往好处去想,那就没什么好怕的了。有糟糕事发生,到时候再想不迟。"我把对渡边升讲的话一字不差地重复了一遍。

"可是能顺利吗?"

"不顺利到时候再作打算就是。"

妹妹嗤嗤笑了,说:"你还是个怪人,一成没变。"

"喂,问句话可以么?"我揪掉啤酒罐的易拉环说。

"可以呀。"

"在他之前同几个男人睡过?"

她略一迟疑,伸出两只手指:"两个。"

"一个同岁,一个比你年纪大,对吧?"

"你怎么知道?"

"这是规律。"我喝了口啤酒,"我玩也并非白玩的嘛,这点事当然懂得。"

"你说的是一种规律?"

"完全正确。"

"你和多少个女孩睡过?"

"二十六个。"我说,"最近我数过,记得起来的有二十六个。记不起来的大约十多个。毕竟没写在日记本上。"

"怎么和那么多女孩儿睡?"

"不知道。"我老实回答,"我也觉得该适可而止,但就是抓不到契机。"

随后我们沉默了一会,各自想应想的事情。远处传来摩托车排气的声响,那不可能是渡边升的,已经半夜一点了。

"嗳,对他是怎么看的?"

"渡边升?"

"嗯。"

"人并不坏,但不符合我的口味,服装趣味也有点与众不同。"我沉吟一下,直言相告,"不过家族里边有一两个这样的人也未尝不可吧。"

"我也是这么想的。我是喜欢你这样的人,但要是世上的人全部像你这样,世界怕是要变得一塌糊涂。"

"或许。"我说。

我们喝完余下的啤酒,然后返回各自的房间。床单又新又干净,一道皱纹也没有。我在上面躺倒,从窗帘缝中望着月亮。我们到底要往什么地方去呢?我想。可我太累了,没有办法深入思考。我闭上眼睛,睡意像一张黑色的网,无声无息地从头顶撒落下来。

双胞胎女郎与沉没的大陆

1

同双胞胎女郎[1]分手大约半年光景,我在一本摄影画报上见到了她们。

照片上的双胞胎穿的不是印有"208"和"209"编号的运动衫(和我一起住时总穿来着),这回衣着相当潇洒得体。一个身穿混纺连衣裙,一个身穿质感很强的棉布夹克样的东西。头发比以前长了不少,眼周甚至化了淡妆。

我一眼就看出是那对双胞胎女郎。虽然一个头向后,另一个也只看见侧脸,但在打开画页的一瞬间我就看出来了。就像耳朵捕捉到不知听了几百遍的、已彻底灌进脑袋的唱片的最初一个音符,我在刹那间便对一切了然于心:原来她们在这里!

照片照的是一家刚在六本木边缘开业的迪斯科舞厅里的光景。画报以六页篇幅专门介绍所谓"东京风俗最前线",第一页便是双胞胎的照片。

照相机是以广角镜头从多少高些的位置拍摄的,加之舞厅很大,若无文字说明,较之迪斯科舞厅,恐怕说是别具一格的温室式水族馆更叫人相信,因为什么都是玻璃的。除了地板和天花板,无论餐桌、墙壁还是装饰物无一不是玻璃制品,并且到处摆有堂而皇之的赏叶植物。

用玻璃隔开的单间里边,有的有人斜倾着鸡尾酒杯,有的有人舞兴正酣,这使我联想起精密透明的人体模型样的物件,每一部位都按照规定准确地运作着。

照片右端有一张硕大的卵形玻璃桌,双胞胎即坐在那里。两人眼前摆着两个煞有介事的热带饮料(tropical drink)玻璃杯,和几个简单地装有零食的碟盘。两人中的一个双手搭在椅背上,整个转过身去,出神地看着玻璃隔墙对面的舞池;另一个朝着邻座一个年轻男士在诉说什么。假如没有那对双胞胎,照片本身当是随处可见的

---

1 关于双胞胎女郎,详见作者的另一部小说《一九七三年的弹子球》。

普通场景，无非两个女郎同一个男士在迪斯科舞厅餐桌旁喝酒罢了。舞厅名叫"玻璃笼"。

我拿起画报纯属偶然。进这家酒吧等一个工作上的朋友，碰巧时间多了出来，便拿起店内杂志架上的杂志"啪啦啪啦"地翻看。若不然，根本不至于特意看什么已过期一个月的摄影画报。

双胞胎的彩色照片下附有极为平常的说明："玻璃笼"是时下播放东京最流行音乐、聚集最新潮人士的迪斯科舞厅。舞厅内一如其名，玻璃隔墙纵横交错，甚至使人联想起透明的迷宫。里面各类鸡尾酒应有尽有，音响效果也设计得无有不周。入场者在入口处受到甄别，衣着不整者或无女伴者不准入内。

我向女侍应生要了第二杯咖啡，问她可不可以把这个画页剪下带走。女侍应生说现在负责人不在，不晓得可不可以，不过这东西剪下来怕也没什么人理会的。于是我用塑料菜单架将那页齐齐裁下，折成四折揣入衣袋。

回到事务所，只见门大敞四开，里面空无一人，桌面上文件乱七八糟，洗碗槽里杯盘狼藉，烟灰缸里满是烟头——行政专员女孩感冒了,已三天没来。

我心里暗暗叫苦。三天前还一尘不染的办公室,现在简直成了高中篮球队的更衣室。

我用壶烧了开水,洗一只杯子冲了速溶咖啡。找不到咖啡匙,遂用看上去还算干净的圆珠笔搅拌着喝。味道绝不美妙,可总比喝白开水多少有点滋味。

正坐在桌头一个人喝咖啡,隔壁牙科诊所负责收发接待的打工女孩从门口探进头来。她长发披肩,身材小巧,甚是漂亮,只是皮肤黑些,最初见面还以为混有牙买加人或什么人种的血统,一问,原来出生于北海道乳畜业农户家庭。她自己也不明白肤色何以如此之黑,总之穿上这白大褂,就更是黑白分明了,活脱脱成了阿尔贝特·施韦泽(Albert Schweitzer)的助手。

她和我们事务所打工的女孩同龄,有空时常过来两个人说话,我这边的女孩休息时,她还替我听电话做记录。电话一响,她就从隔壁过来拿听筒问有何事,所以我们不在时总让门一直开着。反正小偷进来也没什么可偷。

"渡边升出去了,说是去买药。"她说。渡边升是我合伙人的名字,当时我和他开一间小小的翻译事务所。

"药?"我有些吃惊地问,"什么药?"

"太太的药。胃不好,说要用一种特殊的中药。到五反田那儿的药店去了。说可能耽误些时间,叫你先回去。"

"唔。"

"还有,你不在时有几个电话打来,都写在那儿了。"说着,她指了指压在电话机下的白色便笺。

"谢谢!"我说,"幸亏你在。"

"我这边的老板建议买个录音电话。"

"讨厌那玩意儿,"我应道,"冷冰冰没人情味。"

"不买也好,无所谓。跑走廊我还可以暖暖身子。"

女孩留下柴郡猫一样的笑脸离去了。我随即拿起便笺,打了几个要打的电话:明确印刷厂发货日期;同承接翻译的兼职人员商定翻译内容;求租赁公司修理复印机等。

如此回完电话,我就再无事可干了。无奈,便将堆在洗涤槽里的餐具洗了,烟灰缸里的烟头扔进垃圾篓,校准停了的时钟,把

"日日翻"式的日历翻好，桌面上的铅笔插进笔筒，文件分门别类整理妥当，指甲钳收进抽屉。这么着，房间总算像个普通人的办公场所了。

我坐在桌头环顾房间，"不坏不坏。"我出声道。

窗外舒展着一九七四年四月阴沉沉的天空。云看上去宛如无缝平板，简直像给天空整个扣上灰色的巨盖。薄暮时分淡淡的天光如水中尘埃在天空缓缓飘移，无声地填满了钢筋混凝土和玻璃构筑的海底山谷。

天空也好街道也好房间也好，一律给涂上了湿乎乎的灰色，哪里都找不见接缝。

我又烧水冲了杯咖啡，这回可是用咖啡匙搅拌的了。接上收录机开关，嵌在天花板里的小音箱淌出巴赫的鲁特琴曲（Lute Song）。音箱、收录机和磁带都是渡边升从家里拿来的。

"不坏不坏。"这回我不出声地来了一句。巴赫的鲁特琴曲非常适合这四月间不冷不热的阴晦的黄昏。

尔后，我端然坐正在椅子上，从上衣袋里摸出双胞胎的照片，在桌上打开。在台灯明亮的光照下，我有所思无所思地怔怔注视了

| 双胞胎女郎与沉没的大陆 |

好一阵子，蓦地想起抽屉中有照片放大镜，便用它一部分一部分地扩大来细细察看。我不认为这样做有什么用处，却又想不出此外有什么可做之事。

冲着年轻男士的耳朵诉说什么的双胞胎中的一个——我永远分不清哪个是哪个——嘴角挂着一丝不易察觉的微笑，左臂置于玻璃桌面上。那分明是双胞胎的胳膊：细细光光，没戴手表，没戴戒指。

相形之下，听她诉说的男士神情总好像郁郁寡欢。男士长相很耐看，身腰颀长，身穿颇显气质的深蓝色衬衫，右腕套一个纤细的银色手链。他双手放在桌面上，目不转睛看着眼前的细腰玻璃杯，给人的感觉仿佛那饮料乃是足以完全改变其整个人生的重大存在，而他正在被迫就此做出某种决定。杯子旁边的烟灰缸升起一道形状像是在诅咒什么的白烟。

同在我公寓时相比，双胞胎略显瘦削，不过我看不大准，或者是摄影角度和灯光所使然亦未可知。

我一口喝干剩下的咖啡，从抽屉里取一支烟擦火柴点燃，开始考虑双胞胎到底为什么在六本木的迪斯科舞厅喝酒。我所知道的双胞胎并不属于出入俗不可耐的迪斯科舞厅或描眼影那一类型的人。两人如今住在何处、何以为生呢？那男士究竟是何等人物呢？

我把手中的圆珠笔杆转动了约三百五十次，转动的时间里始终盯视着这张照片。随后我得出这样一个结论：男士乃双胞胎眼下投宿处的主人，就像以前对我那样，双胞胎抓住一个偶然机会定居在了这男士的生活中。这点只消细看一下冲男子说话的那个双胞胎中的一个嘴角漾出的微笑即可了然，她的微笑犹如洒落在无边草原上的纤纤细雨，已经同她本身融为一体。她们物色到了新的住处。

我可以在脑海中推出他们三人共同生活的每一细节。由于所去之处的不同，双胞胎也许如流云一般改变了行动方式，但她们骨子里若干赋予其特征的东西绝不至于改变，这点我一清二楚。她们恐怕现在也仍然咀嚼咖啡奶油饼干，仍然没完没了地散步，仍在浴室地板上不厌其烦地洗衣服。这就是双胞胎。

奇怪的是，不管怎么看照片，我都没对那男士产生嫉妒。不光嫉妒，任何种类的兴趣都未产生。他仅仅作为状况而存在，对我来说，无非从另一时代的另一世界里切分下来的片断性场景。我业已失去双胞胎，再绞尽脑汁也不可能失而复得。

我多少费解的是男子竟那般脸色阴沉。能有什么理由做出那么阴沉沉的脸色呢？你拥有双胞胎女郎，我没有。我失去了双胞胎，你还没失去。迟早你也会失去，但那毕竟是日后而又日后的事，何况你想都没想到自己或许会失去她们。不不，你有可能困惑。这不难理解，任何人都时常困惑，问题是你现在品尝的困惑并非是致命性困惑，这点想必你迟早也会意识到。

但不管我怎么想，都全然没办法把想法传达给他。他们置身于遥远时代的遥远世界。他们就像浮游的大陆，在我不知晓的黑暗宇宙里不知归宿地彷徨不已。

等到五点，渡边升也没返回。我把需要联系的几点事项记在便笺上，做回家准备。正准备着，隔壁牙科医生负责接待事务的女孩又一次跑来，问可不可以借洗手间一用。

"随你怎么用。"我回答。

"我们洗手间荧光灯坏了。"说着，女孩夹着化妆包走进洗手间，站在镜前用梳子梳头，涂口红。由于洗手间的门一直没关，我就坐在桌子的一端似看非看地看她的背影。脱去白大褂，只见她双腿真是诱人得很，稍短些的蓝色羊毛裙摆下，可以看到膝后的小肉窝。

"看什么呢？"女孩边拿纸巾调匀口红边对着镜子问。

"腿。"我说。

"中意？"

"不坏。"我实言相告。

她妩媚地一笑，把口红装回化妆包，走出洗手间带上门，然后在白衬衫外面披一件天蓝色开衫，开衫如云絮一样轻盈柔软。我把手伸进粗花呢上衣袋，又看了一会她的开衫。

"我说，是在看我？还是在想什么？"女孩问。

"我在想，这开衫真是不赖。"

"是啊，贵着哩。"她说，"可实际没那么贵的——我以前在一家小时装店当售货员来着，什么衣服店员都可以打折买。"

"干嘛不卖时装，偏要来牙科医生这里干呢？"

"时装店工钱低，又都用来买衣服了。比起来还是在牙科医生这儿好，又能差不多免费治虫牙。"

"那倒也是。"

"可你穿衣服的品位也够可以的嘛。"她说。

"我?"我看着自己身上的衣服。就连早上挑什么衣服穿都记不得了。一条上大学时买的驼色棉布裤,一双三个月未刷的蓝色旅游鞋,一件白色 Polo 衫,加一件灰粗花呢上衣——便是如此装束。Polo 衫倒是新的,但上衣由于手总是插在衣袋里,形状早已崩溃得无可救药。

"无可救药啊!"

"配你倒蛮合适的。"

"就算合适也称不上品位,不过裹住身子不出洋相罢了。"我笑道。

"那买套新西装,改掉手插衣袋的坏习惯不就成了!是坏习惯对吧?好端端的上衣硬是给弄得没形没样。"

"是没形没样。"我说,"工作若是完了,回去一起走到车站好么?"

"好啊。"

我关掉收录机和扩音器,熄灯,锁门,然后我们沿下坡路往车站走去。我习惯上不带东西,双手仍插在上衣袋里。几次想按女孩的劝告尝试把手换到裤袋，结果未能如愿，两手插进裤袋总好像心不踏实。

女孩右手抓着挎包带，左手像打拍子似的在体侧轻轻摇摆。由于她挺直腰走路，看上去比平时身高要高些，步调也比我来得快。

或许因为无风，街上**静悄悄**的，就连身边驶过的卡车排气声、建筑工地的嘈杂声也变得含糊不清，仿佛透过好几层幕布传来的，唯独她的高跟鞋声像是在往春日迷濛的夕霭中有板有眼地打着光滑的楔子。

我不思不想地只管倾听鞋跟声，差点儿撞在从拐角飞出的小学生骑的自行车上。若非她用左手猛地拉住我的臂肘，我想肯定撞个正着。

"好好看着前面走嘛，"她很是惊讶，"走路想什么呢？"

"什么也没想，"我做个深呼吸说，"只是发呆。"

"够让人操心的了，你这人。到底多少岁了？"

"二十五。"我说。年底二十六。

她终于把手从我臂肘上拿开，我们重新沿坡路下行。这回集中精神好好走路了。

"对了,我还不知道你的名字。"我说。

"没听说过?"

"没听过。"

"May。"她说,"笠原May。"

"May?"我有点意外。

"五月的May。"

"五月出生?"

"哪里,"她摇下头,"八月二十一日出生。"

"那何苦叫什么May。"

"想知道?"

"可能的话。"

"不笑?"

"我想不会。"

"我家养过山羊来着。"她淡淡地说。

"山羊?"我更觉意外。

"山羊可晓得?"

"晓得。"

"一只脑袋瓜非常聪明的山羊,全家像对待家人一样喜爱它。"

"山羊的May。"我复述似的说。

"再说我是农家六姐妹里的第六个,名字之类大概叫什么都无所谓吧。"

我点点头。

"不过好记吧,山羊的May?"

"的确。"

到车站时,为感谢笠原May帮看电话,我邀她吃晚饭。她说跟未婚夫有约会。

"那么下次好了。"我说。

"嗯,我等着。"笠原May应道。

我们就此分开。

我一直看到她天蓝色的开衫像被吸入下班人流似的消失不见、再不会折回,这才依然手插衣袋,朝适当的方向走去。

笠原May的离开,使我的身体仿佛再次笼罩在那全无接缝的、呆板的灰色云层的阴翳中。抬头仰望，云仍在那里，模模糊糊的灰色调中加了夜的黛蓝进去。不仔细看，甚至看不出那里有云，但云依然如一头蜷身不动的巨大猛兽一般劈头盖脑地压着，将月和星挡在身后。

简直就像在海底行走，我觉得。前后左右看起来毫无差别，气压和呼吸也好像在跟自己过不去。

剩下一个人，食欲已不翼而飞。什么都不想吃，宿舍也不想回，却又别无可去之处，只好在街头闲逛，逛到想起什么为止。

我不时停下脚步，看功夫电影广告，看乐器商店橱窗，但大多时候都是边走边看擦肩而过的行人面孔。多达数千的男女在我面前忽儿出现忽儿消失，依我的感觉，他们好像是在从意识的此侧边境向意识的彼侧边境迁徙。

街是一如平日的街。交融互汇而失去各自本来含义的嘈杂人语，不知从何处一路传来随即穿耳而过的支离破碎的音乐，闪闪烁烁的信号和唆使它的汽车排气声——一切的一切都如天空永远滴落不尽的墨水，洒在这夜幕下的街上。行走之间，我觉得诸如此类的嘈杂、光亮、气味、兴奋实际上并不存在，几分之一都不存在，而只是来自昨天、前天以至上星期、上个月的渺远的回声。

然而我还是无法从这回声中捕捉到曾有所闻的东西。它是那样邈远，那样依稀。

我不清楚自己走了多长时间，走了多远距离，我清楚的只是有数千之众与我擦肩而去。我还可以推测这数千之众在七八十年之后将确切无疑地从这个世界上消失，无一例外。七八十年并非多么漫长的岁月。

看行人脸也看得累了——自己大概是想从中找出双胞胎的脸，因为此外没有任何看别人面孔的理由——我几乎下意识地拐进一条有些冷清的窄窄的横路，走进时常一个人来喝酒的小酒吧。在吧台前坐定，我仍像往常那样要了杯加冰的波本威士忌，吃了几口芝士三明治。酒吧里没什么客人，沉寂的空气和颇有年月的木材和油灰已完全打成一片了。几十年前流行的钢琴三重奏爵士乐从天花板的音箱里轻轻淌出，酒杯相碰声和冰块切割声不时混在一起。

我促使自己这样去想：一切已然失去！一切已然失去，或应该继续失去。一度失去的东西就再不可能复得，任何人都徒呼奈何。地球是为此才绕太阳转动不止的。

我想我所需要的终归是现实性。地球绕太阳转,月亮绕地球转——便是此类现实性。

假定——只是假定——自己在某处同双胞胎不期而遇,那么往下如何是好呢?

能向她们提议再一同生活如何吗?

其实我很清楚,这种提议是无意义的。无意义的、无可能性的。她们已经**通过**了我。

假定——我做出第二个假定——双胞胎女郎同意返回我这里。这固然是异想天开,姑且这样假定。那么往下怎么办呢?

我嚼着三明治旁边的腌菜,喝了口威士忌。

无意义可言,我想。或许她们会在我房间里住上几星期、几个月以至几年,但某一天还是要消失不见,像上次那样既无前言又无后语地如被风吹散的狼烟一般遁往某处。无非故伎重演而已,毫无意义。

这就是所谓现实性。我必须接受没有双胞胎女郎的世界。

我用纸巾拭去台面上的水滴,从上衣袋里掏出双胞胎照片放上去,随后一边喝第二杯威士忌,一边猜想双胞胎中的一个到底向旁边这年轻男士诉说什么。细看照片，她简直就像在往男士耳朵里吹送空气或肉眼看不见的细雾状的东西。至于男士察觉与否，从照片上难以判断。估计男士怕是什么都没察觉，正如当时完全稀里糊涂的我一样。

当我在脑袋里捏弄多少失真的记忆残片时，作为如此作业带来的必然结果，我觉得西侧太阳穴里有一种隐隐约约的酸胀感，就像关在我脑袋里的一对什么活物扭动着身子正急于挣脱出来似的。

我想这照片恐怕该烧掉才是。但我烧它不成。如果能有烧它的气力，压根儿就不至于钻进这样的死胡同。

喝罢第二杯威士忌，我拿起手帐和零币走到浅红色电话机面前，拨转号码盘。但信号音响到第四遍时，我又转念放下听筒挂断，而后拿着手册盯视了一会电话机，但仍无良策浮上心头，只好折回吧台前要第三杯威士忌。

最后我决定什么都不再考虑，考虑也无济于事。我暂且让脑袋处于真空状态，往那真空中倾注几杯威士忌，倾耳谛听头顶音箱流淌的音乐。这时间里不由得非常非常想抱女人睡觉，可又不知道抱谁合适。其实谁都无所谓，只是没办法将其中的某一个具体设定为性交对象。是谁都可以，但**某个谁**却是不好办。得得，我心里叫苦。倘若我所知道的女人全部集中混成一个肉体，我想我是可以同其交合的。但不可能找到如此对象的电话号码，无论我怎么翻动手册。

我叹了口气，一口喝干不知第几杯加冰威士忌，付款出门，站在街头信号灯前，思忖"下一步该做什么"，仅仅是**下一步**。五分钟后、十分钟后、十五分钟后，我到底做什么好呢？去哪里好呢？想做什么呢？想去哪里呢？势必做什么？势必去哪里呢？

我想不出答案，一个也想不出。

2

"总做同样的梦。"我仍闭着眼睛对女人说。

长时间闭目合眼，觉得自己竟好像是以微妙的平衡飘浮在不安稳的空间。想必是赤身裸体躺在软绵绵的床上的缘故，再一个原因也许是女人身上强烈的香水味儿。那气味儿如羽虱潜入我黑暗的体内，使我的细胞伸缩不止。

"做梦时间也大体固定，凌晨四五点钟——天快亮时。一身大汗翻身坐起，四周还黑着，但又不是彻底的黑，就那种时候。当然每个梦都不完全一样，细小地方每次各有不同。背景不同，角色不同，但基本模式相同，出场人物相同，最后结果相同。就像低成本的系列影片。"

"我也经常做不好的梦。"说着，女人用打火机点上一支烟。听见火石磨擦声，闻到香烟味儿，接着响起用手心轻轻拍去什么的声音。

"今早做的梦里出来一座玻璃墙大楼。"我没理会女人的话，继续道，"好大好大的楼，像新宿西口的那么大。墙壁全部是玻璃的。梦中走路时我碰巧发现了那座楼。不过还没有最后竣工，大致建完了，还在施工。人们在玻璃墙里忙这忙那，楼里边只有隔墙，基本上空空荡荡。"

女人以空穴来风般的声音吹了吹烟头，轻咳一声。"喂，我是不是要问点什么才好？"

"不问也不碍事，只消老实听着就行。"我说。

"也好。"

"我闲着没事，就站在那大玻璃墙前静静地看墙里面的作业。

我看的房间里面，一个戴安全帽的工人正在砌蛮有情调的装饰砖墙。因为他一直背对着我作业，看不见脸什么样。从身材和举止看来，应该是年轻男子，瘦瘦高高。那里只他一个，不见别人。

"梦中空气格外浑浊，就像有篝火烟从哪里混进来，灰蒙蒙的。但细细盯视之间，空气一点点透明起来。至于是真的透明，还是眼睛习惯了不透明，我也弄不明白。反正我因此得以更清晰地看见房间的每个角落。年轻男子简直就像机器人，以一模一样的动作一块接一块地砌砖。那房间面积相当大，但由于男子砌得那么麻利那么有条不紊，看样子再过一两个小时就能砌完。"

我歇口气，睁开眼睛往枕旁玻璃杯里倒啤酒喝。女人为表示在认真听我讲话，一动不动地看着我的眼睛。

"男子砌的砖墙后面本来是有墙的，就是那种粗糙的混凝土墙。这就是说，男子是在原有的墙前砌装饰性新墙。我要说的，你可明白？"

"明白。做双层墙，对吧？"

"对。"我说，"是做双层墙。细看之下，原来的墙同新墙之间留有大约四十厘米宽的空间。不知为什么特意留此空间，因为这样一来房间要窄小许多。出于好奇,我更加目不转睛地看他作业。岂料,看着看着竟好像有人影出现,就好像浸入显像液中的照片上有人影现出一样。那人影夹在新墙与旧墙中间。"

"原来是双胞胎!"我继续下文,"是双胞胎女郎。十九、二十或二十一岁,也就是那个年纪。两人穿着我的衣服。一个穿粗花呢上衣,一个穿深蓝色风衣,都是我的衣服。她俩被关在四十厘米宽的空隙里,姿势显得很别扭,却似乎全然没有觉察出自己很快就要被封死在里面,两人一如往常地喋喋不休。工人也像是没注意到自己正在把双胞胎封死,只管闷头砌砖。注意到的大概只我一个人。"

"你怎么知道工人没注意到双胞胎?"

"**反正**就是知道。"我说,"梦中**反正**就是知道好多事情。这么着,我心想无论如何非让这作业停下来不可。我用两个拳头狠狠敲击玻璃墙壁,敲得胳膊都麻了,但怎么使劲敲都没一点声音。不知怎么回事。声音彻底死了,工人自然意识不到,他仍以同一速度一块又一块机械地往上砌去。左手填缝,右手放砖。砖已砌到双胞胎膝盖那里。

"于是我不再敲玻璃墙，准备走进楼去阻止这项作业。可是找不到入口。那么庞大的楼居然一个入口也没有。我使出所有力气奔跑，绕大楼跑了好几圈。结果还是那样，还是没有入口。活活一个巨大的金鱼缸。"

我又喝口啤酒润润嗓子。女人依然凝视我的眼睛。她转了个身，乳房紧贴住我的胳膊。

"往下怎么样？"

"怎么样也不能怎么样。"我说，"真的不能怎么样。怎么找都没有入口，声音又死了。我只好双手按在玻璃上干瞪眼看着。墙迅速变高——双胞胎的腰部、胸部、颈部，不久将其整个淹没，直达天花板，这是转眼间的事，我完全奈何不得。工人堵上最后一块砖，收拾好东西去了，唯独我和玻璃墙剩了下来。我真的奈何不得。"

女人伸出手，摩挲我的头发。

"经常如此。"我不无自我辩解地说，"细节不同，程序不同，角色不同，但结果相同。那里有的只是玻璃墙，我没办法把什么告诉别人，每每如此。睁眼醒来，手心里总有玻璃墙冷冰冰的感触，好几天好几天都留在手心不退。"

我讲完后,她仍然一直用手指摩挲我的头发。

"肯定是累了。"女人说,"我也同样,一累了就做不好的梦。但那同现实生活是不相干的,不过是身心疲劳罢了。"

我点点头。

随后她拉我的手按在她的下部。下部温暖而湿润,但这也引不起我的兴致,只是心里觉得有点奇妙。

我多给了她一点钱,说是对她听我述梦的谢意。

"光是听听,用不着付钱的。"

"是我想付。"我说。

她点头接过钱,塞进黑色手袋。"咔!"随着一声好听的声响,手袋合上,我觉得我的梦也好像被她塞了进去。

女人下床穿上内衣,套上丝袜,裙子、衬衫和毛衣也都穿好,站在镜前梳理头发。站在镜前梳发时的女人看上去全都一个样。

我赤裸着在床上欠起身,呆呆地看她的后背。

"我是这么想:那肯定单单是梦。"女人临出门时说。她把手放在圆形拉手上想了想,"应该没有什么值得你放在心上的寓意。"

| 双胞胎女郎与沉没的大陆 |

  我点了下头,她随即走出,传来"喳"的一声关门声。女人的身影消失后,我仍然仰躺在床上,久久注视着房间天花板——随处可见的廉价宾馆的随处可见的廉价天花板。

  透过窗帘缝隙,可以看见色调似含潮气的街灯。不时掠过的强风把十一月冻僵的雨滴不经意地摔打在玻璃窗上。我伸手想拿过手表,又嫌麻烦作罢。现在几点并非大不了的问题。想来我连伞都没带。

  我边望天花板边想古代传说中沉没于海中的大陆。何以想起这个,自是不得其解。大概是十一月冷雨拍窗的夜晚没带伞的缘故吧,抑或因为以仍残留着凌晨梦境的凉意的手拥抱姓甚名谁都不知晓的女人的肢体——什么样的肢体都想不起来了——亦未可知。唯其如此,自己才会想起远古沉没海中的大陆传说。光线惨淡,声音沉闷,空气湿重。

  那到底已经失去多少年了呢?

  可我已无法想起是哪一年失去的了,想必在双胞胎离我而去之前便已失去。双胞胎只不过向我告知了这点。在我们能够对已经失去的东西予以确认的时候,所确认的不是失去它的日期,而是**意识**

到失去它的日期。

也罢，从头开始好了。

三年。

是三年这一岁月把我带到了这个十一月的雨夜。

但我有可能一点点地习惯这个新的世界。或许花些时间。时间会使我将自己的血肉骨骼一点点地塞进这沉甸甸湿漉漉的宇宙断层中。归根结蒂，人会使自己同化于任何环境。纵使再鲜明的梦，终归也将为不鲜明的现实所吞噬，消失得无影无踪，甚至曾有过那样的梦一事本身，迟早都会无从记起。

我关掉枕边的灯，闭上眼睛，在床上缓缓伸直身体，并且让意识沉入无梦的睡眠中。冷雨敲窗，黑暗的海流冲刷着被遗忘的山脉。

罗马帝国的崩溃　一八八一年印第安人起义　希特勒入侵波兰　以及狂风世界

1. 罗马帝国的崩溃

注意到开始刮风是星期天下午，准确说来是下午两时零七分。

当时我正一如往常——即如每个星期天下午做的那样——坐在厨房餐桌前一边听无害音乐一边写一周来的日记。我的做法是把每天发生的事简单记下，到周日再整理成像样的文字。

写完至周二的三天日记时，我注意到窗外风声呼啸。我不再往下写，套上笔帽，去阳台收晾晒的衣物。衣物简直如破散的彗星尾巴在上下翻舞，啪啦啦地发出单调的响声。

看来风是在我未注意的时间里一点点变本加厉的。因为早上——准确地说是上午十时四十八分——把衣物晾在阳台上时，还一丝风都没有。在这点上我具有炼钢炉盖般的牢不可破的记忆，因为那时我不由心想：如此风平浪静之日，无须用夹子把衣物夹住。

风确实一丝半点都未刮起的。

我麻利地把衣物收回叠好，将所有窗扇关得严严实实。全部关好后，风声几乎听不见了。窗口外面，树——喜马拉雅雪松和栗树——在无声中活像痒不可耐的狗一般扭来扭去，云的残片犹如目光凶险的密使十万火急地掠空而过，对面公寓阳台上的几件衬衫如被人抛弃的孤儿一般绕着尼龙绳团团打转，旋即又缠住不动。

简直是狂飙，我想。

但打开报纸查气象云图，却哪里也寻不见台风标识，降雨概率赫然写着百分之零。从云图上看，理应是个全盛时期的罗马帝国一般的平和的星期日。

我发出一声大约百分之三十的轻叹，合上报纸，把衣服放回衣柜，继续边听无害音乐边斟咖啡，边喝咖啡边续写日记。

星期四跟女朋友睡了一觉，她最最喜欢蒙上眼睛交欢。她那个乘飞机用的短途旅行包里总放着一个眼罩。

我倒没那种特殊兴致，但由于蒙上眼睛的她显得特别可爱，便无任何异议。反正人这东西都多少有一点反常。

日记本星期四那页上大致写了以上这么一件事。百分之八十事实加百分之二十自省，这是写日记的原则。

星期五在银座一家书店见到一个老友。他打一条花纹甚为奇妙的领带，条纹上面竟有无数电话号码……

这时，电话铃响了。

2. 一八八一年印第安人起义

电话铃响时，钟指在两时三十六分。我想大概是她——我那个喜欢蒙眼睛的女朋友，因为星期天她来我这里玩，来之前习惯上必打电话。想必她买好晚饭材料带来了。这天我们说定吃牡蛎火锅。

总之电话是响在下午两时三十六分。闹钟放在电话机旁边，每当电话铃响我便看一眼时间。这方面我的记忆也是万无一失的。

不料拿起听筒，里面传来的仅仅是风的怒号。

"呜呜呜呜呜呜呜"，风声竟如一八八一年印第安人起义一般在听筒中奔腾咆哮。他们烧毁垦荒的小屋，切断通讯线路，抢劫糖果商店。

我"喂喂"几声，但我的声音倏忽淹没在势不可挡的历史怒潮中。

"喂喂！"

我大声吼道，结果仍一个样。

侧耳倾听，从风微乎其微的空隙中仿佛传来女人话声似的动静。也许是我的错觉。反正风势凶猛之极。大概美国野牛数量减少得超过了限度。

好半天我一声不响，只管耳朵贴住听筒，贴得紧紧的，真有些担心听筒粘在耳朵上拿不下来。但如此状态持续十五至二十秒之后，就好像病情发作得太厉害而使生命线断掉了一般，电话音戛然而止，只留下沉默，留下犹如漂白得过分的内衣一般没有暖意的空洞的沉默。

3. 希特勒入侵波兰

我喟叹一声，连连叫苦，又接着写日记。看来还是尽快写完为好。

星期六希特勒的装甲师入侵波兰。急速俯冲的轰炸机飞往华沙街头——啊，不对不对，不是这样。希特勒入侵波兰发生在一九三九年九月一日，并非昨天的事。昨天我晚饭后进电影院看梅利尔·斯特里普的《苏菲的抉择》。希特勒入侵波兰是电影里的故事。

梅利尔·斯特里普在电影中同达斯汀·霍夫曼离婚，又在通勤列车上同罗伯特·德尼罗扮演的中年建筑工程师相识再婚。电影妙趣横生。

我旁边座位上是一对高中生恋人，一直在互摸肚子。高中生肚子十分好玩。我也曾有过高中生的肚子。

4. 以及狂风世界

上星期一星期的日记全部写毕，我坐在唱片架前，挑选适合在狂风怒号的星期四下午听的音乐。结果，肖斯塔科维奇的大提琴协奏曲和史莱和史东家族合唱团（Sly and the Family Stone）的唱片似乎适合在狂风中欣赏，我便反复听两张唱片。

窗外不时有种种物体飞掠而去。白床单以俨然如煮草根的巫师的姿势自东向西飞奔。细长单薄的铁皮招牌犹如肛交爱好者拱起了羸弱的脊骨。

我边听肖斯塔科维奇的大提琴协奏曲边眼望窗外景况。电话铃再次响起,电话旁边的闹钟指在三时四十八分。

我料想如同波音747喷气式发动机的风声又将袭来,但拿起听筒,这回却全无所闻。

"喂喂!"女子的话声。

我也"喂喂"回应。

"这就拿牡蛎火锅料过来,不碍事么?"我的女朋友说。她正带着牡蛎火锅料和眼罩往我住处赶来。

"不碍什么事。不过……"

"砂锅有的?"

"有有。"我说,"不过,怎么搞的?风声听不见了。"

"噢,风已经停了嘛。中野这边三点二十五分停的。你那边也差不多该安静了吧?"

"可能。"说罢,我放下电话,从厨房小壁橱里拿出砂锅,在洗涤槽里洗了。

　　一如她所预告的，风于三点五十五分突然偃旗息鼓。我开窗眺望外面景致。窗下一只黑毛大狗执著地在地上来回"呼噜呼噜"闻味儿。它乐此不疲，闻了十五至二十分钟。狗何苦搞这名堂呢？我不得其解。

　　但除去这一点，世界的外貌与秩序同刮风前毫无二致。喜马拉雅雪松和栗树若无其事地位于空地，一副高傲不群的样子。晾晒的衣服无精打采地垂在尼龙绳上，乌鸦站在电线杆顶端"啪啪嗒嗒"上下扇动信用卡一样光滑的翅膀。

　　如此看了一会儿，女朋友来了，开始做牡蛎火锅。她站在厨房里洗牡蛎，"嚓嚓"地切白菜，摆豆腐，做汤汁。

　　我问她两点三十六分打来过电话没有。

　　"打了。"她边用笊篱淘米边回答。

　　"什么也没听到。"我说。

　　"呃，那是的，风大嘛。"她完全是轻描淡写的语气。

　　我从电冰箱里拿出啤酒，坐在桌头喝着。

"可为什么突然刮起那么厉害的风,又突然停下不刮了呢?"我问她。

"这——不明白啊。"她把背转给我,边用指甲剥虾边说,"关于风我有好多好多都不明白,就像对古代史、癌、海底、宇宙、性有好多好多不明白一样。"

我"唔"了一声。这根本算不上回答。不过,这个问题再跟她说下去似也弄不出什么头绪,我便转而细看牡蛎火锅的制作过程。

"喂,摸一下你肚子可以么?"我问道。

"等会儿吧。"她说。

火锅弄好之前,为便于下星期归纳日记,我将今天一天发生的事简单记录下来:

1. 罗马帝国的崩溃
2. 一八八一年印第安人起义
3. 希特勒入侵波兰

这样,下星期也能准确记起今天发生了什么。也正因为我采用

| 罗马帝国的崩溃　一八八一年印第安人起义　希特勒入侵波兰　以及狂风世界 |

这种周密的运作模式，我才得以天天坚持写日记写了二十二年。大凡有意义的行为无不具有其独特的模式。刮风也罢不刮也罢，反正我就这样生活。

拧发条鸟与星期二的女郎们

在厨房煮意大利面的时候，那个女郎打来电话。面条即将煮好，我正随着短波广播吹口哨，吹罗西尼的《鹊贼》。这乐曲特别适合用来煮意大利面。

听得电话铃响，我本想不予理睬。一来面条正煮在火候上，二来克劳迪奥·阿巴多（Claudio Abbado）正准备将伦敦交响乐团驱往乐章的峰巅。但最终我还是拧小煤气，右手拿着煮菜筷去客厅拿起听筒。说不定有朋友打电话介绍新的工作，我想。

"我需要十分钟。"女郎劈头就是一句。

"什么？"我愕然反问，"你说什么？"

"我说只需要十分钟时间。"女郎重复道。

女郎的声音没有听过的印象。我对于音色的记忆几乎具有堪称绝对的自信，这方面基本不会出错。这却是个陌生的声音。声音低低的，软软的，而且飘忽不定。

"请问，您这是在打给谁？"我客客气气地询问。

"那都没有关系。反正只需十分钟。那样，就会相互明白过来的。"女郎连珠炮似的说。

"相互明白？"

"心情啊！"她回答得很简洁。

我从大敞四开的门口探头看一眼厨房。面条锅冒着似乎很舒坦的白气，克劳迪奥·阿巴多继续指挥《鹊贼》。

"对不起，正在煮意大利面。眼看就要煮好了，跟你聊上十分钟，面条可就报销了。挂断可以么？"

"意大利面？"女郎的声音里满含惊愕，"都上午十点了哟！干嘛上午十点煮面条？不觉得反常？"

"反常也罢正常也罢，与你无关！"我说，"早餐几乎没吃，现在肚子瘪了下来，就自己做来吃。吃什么几点吃是我的自由，不是么？"

"呃，好了好了。那，挂断啰！"女郎以抹油一般流畅而平板的声音说。不可思议的声音。感情稍一变化，声调便如转换调频一般变得截然不同。"也罢，等会儿再打就是。"

"等等，"我慌忙道，"您要是耍什么推销员手法，再打多少次也是枉然。眼下是失业之身，根本没有购置新东西的余地。"

"知道知道，放心好了。"

"知道？知道什么？"

"不就是失业期间吗？知道的，那点事儿。还是快煮你那宝贝面条去好了。"

"喂喂，您到底……"没待我说完，对方"啪"一声挂断电话，挂得甚为猝然。不是放听筒，是用手指按开关钮。

我一时无所适从，茫然地望着手中的听筒。良久，才想起锅里的面条，遂走入厨房。我关掉煤气，把意大利面捞进笊篱，淋上用小锅加热的番茄酱。由于电话的关系，面条煮得多少有点过火，好在还不至于无可救药。况且肚子实在太饿了，已顾不得对面条微妙的火候说三道四。我边听音乐，边把二百五十克面条一条不剩地送进胃里。

吃罢，在洗涤槽里冲洗锅盘。冲洗的时间里烧了壶开水，沏上袋装红茶,边喝边反复考虑刚才那个电话。

相互明白?

那女郎到底为的什么给我打来电话?她究竟是谁?

一切都裹在谜里。记忆中不曾有陌生女郎打来匿名电话,至于她想要说什么也全然摸不着头脑。

不管怎样——我想——我可不愿意同素不相识的女郎相互明白什么心情。纵使明白也无济于事。对我来说当务之急是找到新工作,接下去是确立我自己的生活周期。

话虽这么说,折回客厅沙发看从图书馆借的连·戴顿(Len Deighton)[1]的小说时,仍不时觑一眼电话机,心里嘀咕:女郎说十分钟即可相互明白指的是什么呢?**十分钟到底可以明白什么呢?**

现在想来,**十分钟**是那女郎一开始便掐算好了的,对这十分钟推算似乎相当充满自信:九分钟太短,十一分钟过长。恰如煮意大利面的标准火候……

如此思来想去,小说情节便把握不住了。于是做几节体操后准备熨烫衬衫。每次心慌意乱,我都要熨烫衬衫,老习惯。

---

1 英国记者、间谍小说作家(1929—)。

我熨衬衫的工序分十二道,由(一)领(前领)开始,至(十二)左袖(袖口)结束,顺序从未乱过。我逐一数着序号,有条不紊熨烫下去,也只有这样方觉得心应手。

我边熨边欣赏蒸汽熨斗的蒸汽声和棉布加热后独特的气味儿。熨罢三件衬衫,确认再无皱纹,挂上衣架。然后关掉熨斗,连同熨衣板放进壁橱。思绪这才有了些条理。

刚要进厨房喝水,电话铃再次响起。我略一迟疑,不知是径直进厨房还是折回客厅,最终还是回客厅提起话筒。若是那个女郎第二次打来,只消说正在熨衣服挂断即可。

不料打电话来的是妻。看电视机上的座钟,时针指在十一点半。

"可好?"她问。

"还好。"我答。

"干什么呢?"

"熨衣服。"

"出什么事了?"声音里略带紧张感。她知晓我心情不佳时便要熨衣服。

"什么事也没出,只想熨熨衬衫,没什么。"我坐在椅子上,把听筒从左手换到右手。"有事?"

"嗯,工作方面的,好像有点事可做。"

"唔。"

"你会写诗吧?"

"诗?"我愕然反问。诗?诗到底是什么?

"我一个熟人在一家杂志社办了份面向年轻女孩的小说期刊,正在物色人评选和修改诗歌来稿,还希望每月写一首扉页用的短诗。事虽简单,报酬却不坏。当然啦,也还超不出临时工标准。不过干得好,说不定有编辑工作落到你头上……"

"简单?"我说,"慢着,我要找的可是法律方面的工作。这诗歌修改却是从何谈起?"

"你不是说高中时代修改过诗歌的嘛!"

"那是小报,高中校刊!什么足球赛哪个班踢赢了,什么物理老师跌下楼梯住院了,全是些无聊透顶的玩意儿。不是诗,诗我可写不来。"

"说是诗,不过是给女高中生看的,写得差点也无所谓。又不是让你写艾伦·金斯堡（Allen Ginsberg）[1]那样的佳句，适当应付一下就行了。"

"适当也罢什么也罢反正诗是绝对写不来。"我一口回绝。那东西如何写得来！

"噢——"妻遗憾似的说，"不过法律方面的工作，可是不大好找的吧？"

"打过好些招呼，差不多到该有着落的时候了。万一不行，到时再作打算不迟。"

"是吗？那样也好。对了，今天星期几？"

"星期二。"我沉吟一下回答。

"那，能去银行交一下煤气费电话费？"

"马上就要去买东西准备晚饭了，顺路去银行就是。"

"晚饭做什么？"

"这——没想好，"我说，"还没定，买东西时再说。"

"我说，"妻一副郑重其事的语气，"我想了想，觉得你好像用不着那么急于找工作。"

---

[1] 美国诗人（1926—1997）。"垮掉的一代"文学运动的核心。

"为什么?"我又是一惊。大约世界上所有女人都打电话来让我不得心宁。"为什么不找工作也行?失业保险也快到期了,总不能老这么游游逛逛吧?"

"反正我工资也提了,兼职收入也一帆风顺,还有存款。只要不大手大脚,吃饭总没问题吧?"

"我来搞家务?"

"不愿意?"

"说不清楚。"我实言相告。是不清楚。"想想看。"

"那就想想好了。"妻说,"对了,猫可回来了?"

"猫?"反问之后,我才意识到自己从早上到现在全未想起猫来。"哪里,好像还没回来。"

"去附近找找可好?已经不见四天了。"

我含糊应着,把听筒又换回左手。

"我想可能在'胡同'里头那座空屋的院子里,就是有石雕鸟的那个院子。在那里见过几次来着。知道那里么?"

"不知道。"我说,"可你什么时候去的'胡同'?这事你以前一次都没……"

"对不起，电话得放下了。手头还有工作等着。猫的事儿拜托了。"

电话挂断。我又望了一会儿听筒，之后放下。

老婆怎么会知道什么"胡同"呢？我觉得不可思议。进那条"胡同"须从院里翻过混凝土预制板围墙，况且根本就没什么必要费此周折。

我去厨房喝罢水，打开短波，剪指甲。收音机正在播放罗伯特·普兰特（Robert Plant）新出的黑胶唱片。听两首耳朵听痛了，便关掉收音机，走到檐廊看了看猫食碗。碗里的煮鱼干仍是昨晚的样子，一条也未减少：猫还是没有回来。

我站在檐廊上眼望涌进初夏阳光的自家小院。其实望也望不出什么赏心悦目的景致。由于一天之中有阳光照进来的时间极短，土总是黑黢黢湿乎乎的，种的也仅有角落里两三丛不起眼的绣球花，而我压根儿就不喜欢绣球花那种花。

附近树上传来不规则的鸟鸣，吱吱吱吱的，简直同拧发条声无异，我们于是称其为"拧发条鸟"，是妻命名的。真名无从知晓，连是何模样也不知道。反正**拧发条鸟**每天都飞临附近的树枝上，拧动我们所属的这个静谧天地的发条。

我为什么非去找猫不可呢?我边听拧发条鸟鸣叫边想。再说找到猫又能怎么样呢?劝它回家?还是求它——就跟它说大家都挺担心的,还是回来吧——回家?

罢了罢了,我想,真个是**罢了罢了**。猫去它喜欢的地方想怎么生活就怎么生活不就行了?我都三十了,在这种地方到底算是干什么呢?洗衣服,考虑晚饭菜单,找猫。

曾几何时——我想——我也是燃烧希望之火的**地道**之人。高中时代读过克莱伦斯·丹诺(Clarence Darrow)[1]的传记,立志当一名律师。成绩也不坏。高中三年级还在"可能成为大人物"投票中获得过第二名,之后又进入较为像样的大学的法学院。而这竟在某处偏离了正轨。

我支颐坐在厨房餐桌旁,就此——就我的人生指针究竟在何处偏离正轨——略加思忖。然而我不得其解。并没有特别记得起来的事。不曾在政治运动中受挫,不曾对大学失望,不曾对女孩过于投入。我是普普通通生活过来的。只是在大学快毕业时,一天我突然

---

[1] 美国著名律师(1857—1938)。

觉得自己不再是往日的自己了。

这一偏差最初想必是微乎其微的，微小得几乎看不见。但随着时间的推移，偏差越来越严重，不久竟将我带到看不见原来状况的边缘。若以太阳系作比喻，我现在大致位于土星与天王星的正中间。稍移一点，甚至冥王星都可看见。问题是——再往前到底有什么呢？

我是二月初辞去已做了很久的法律事务所的工作的。没什么特殊缘由，也并非工作内容不称心。虽说内容本身谈不上令人欢欣鼓舞，但薪水不薄，办公室气氛也够融洽。

说起我在法律事务所的作用，简而言之只是个专业性差役。

可我觉得自己干得有声有色。自己说来未免不够谦虚——就履行那类事务性职责而言，我是相当精明强干的人选。头脑反应敏捷，动作雷厉风行，牢骚一句不发，想法稳妥现实。所以，当我提出辞职时，那位老先生，也就是作为事务所主人的父子律师中的长者还挽留我，说不妨加点工资。

然而我还是离开了那家事务所。至于为何离开，其理由我自己也不甚了了。倒也不是说辞职后有什么胸有成竹的宏伟蓝图。至于再一次闭门不出准备应付司法考试，无论如何都没那份心思，更何况时至如今也并非很想当律师。

晚餐时，我开口说想辞去这份工作，妻应了一声"是吗"。这"是吗"是何含义，我一时吃不大透。她又再无下文。

我也同样不语。

"既然你想辞，辞也未尝不可嘛，"她说，"那是你的人生，尽可随心所欲。"如此说罢，便只顾用筷子将鱼刺拨往盘边。

妻在一家设计学校做行政，工资也还过得去，而且有在其他杂志当编辑的朋友委托搞一点图案设计，故而收入相当可观。而我失业之后又可以享受失业保险。再说，我若在家老老实实做家务，诸如外餐费洗衣费等开销即可节省下来，同我上班挣钱相比，生活水准应当没甚差别。

这么着，我辞去了工作。

十二点半，我像平日那样肩挎大帆布包外出采购。先顺路去银行交煤气费电话费，然后在超市买晚餐用料，在麦当劳吃芝士汉堡喝咖啡。

食品采购回来正往冰箱里塞的时候，电话铃响了，响得分外急不可耐似的。我把塑料盒只撕开一半的豆腐放在餐桌上,去客厅拿起听筒。

"意大利面可结束了?"那个女郎问。

"结束了。"我说,"不过马上就得去找猫。"

"推迟十分钟也不要紧的吧,找猫。"

"也罢,如果十分钟的话。"

我到底在干什么呢?我想,自己何苦非得跟一个莫名其妙的女郎谈十分钟不可呢?

"那样,我们就能互相明白喽,嗯?"女郎平平静静地说。那气氛,很可能女郎——不知是何模样——在电话机的另一头稳稳当当坐在椅子上,且架起二郎腿。

"能不能呢?"我应道,"十年在一起不能相互明白也是有的。"

"试试如何?"女郎问。

我摘下手表,转换为定时显示,按下启动钮。晶液数字由一变为十——十秒过去了。

"为什么找我呢?"我问,"为什么给我打电话而不找别人呢？"

"事出有因嘛，"女郎像慢慢咀嚼食物那样小心斟酌着字眼，"我认识你。"

"什么时候？什么地点？"

"某个时候，某个地点。"女郎说，"但那些怎么都无所谓，重要的是现在，对吧？再说要是说起那个来，时间转眼就没了。**我也不是闲着无事的哟！**"

"你得拿出个证据才行——晓得我的证据。"

"例如？"

"我的年纪。"

"三十。"女郎应声回答，"三十岁零两个月。这回可以了吧？"

我默然。不错，她是晓得我。可是无论我怎么回想，记忆中都无此话声。我基本上不至于忘记或听错别人的话声，即使忘记脸忘记姓名，声音也绝对可以记起。

"那，这回你就我想象一下如何？"女郎诱道，"根据声音想，想象我是个怎样的女人。想象得出？你不是擅长这一手吗？"

“想象不出。”我说。

“试试嘛！”

我觑了眼表：才一分零五秒。我无奈地叹口气。我竟答应下来了。一旦答应，就只能进行到底。我像过去常做的那样——如她所说，那曾是我的拿手戏——把神经集中在对方声音上。

“二十七八岁，大学毕业，东京出生，小时生活环境中上等。”我说。

“厉害厉害！”女郎说着，在听筒旁打燃打火机点烟。卡地亚的声响。“继续呀！”

“长相相当漂亮，至少自己那么认为。但有自卑感——个子矮、乳房小，等等。”

“相当接近。”女郎嗤嗤笑道。

“已婚，但不融洽，有问题。因为女人没问题是不会不报自家姓名就给男人打电话的。不过我不认识你，起码没交谈过。即便如此想象，脑里也浮现不出你什么样。”

“是那样的么？”女郎口气沉静得像往我脑袋上打软木楔，“你就对自己的能力那么自信？不认为你脑袋里什么地方有个致命的死角？不觉得否则你现在会多少地道一些？像你这么头脑聪明又有一技之长的人……"

"你过奖了，"我说，"你是谁我不知道，但我不是那么出色的人。我缺乏完成什么的能力，所以才离正路越来越远。"

"可我喜欢你来着，过去。"

"那么，那是过去的事了。"我说。

二分五十三秒。

"也没过去多久，我们并不是在谈论历史。"

"是历史了。"我说。

死角！我想。或许确如这女郎所说，或许我的头、我的身体、我的存在本身的什么地方有个类似业已失却的地底世界的什么，是它使我的人生发生了微妙的错位。

不，不对，不是**微妙**的，是**大幅度**的，甚至无可挽回的。

"我现在在床上呢，"女郎说，"刚冲完淋浴，一丝不挂。"

得得，我想，**一丝不挂**，岂不活活成了色情录像带！

"你说是穿内裤好呢，还是丝袜合适？哪种性感？"

"哪种都无所谓，悉听尊便。"我说，"不过，抱歉，我没兴致在电话中谈这个。"

"十分钟即可,只十分钟。为我消费十分钟,你的人生也不至于蒙受致命的损失吧?此外别无他求。不是有**友谊**那个词吗?总之回答我的提问:是赤身裸体的好,还是穿上什么好?我嘛,应有尽有,吊带袜啦……"

吊带袜?我脑袋好像有点神经兮兮起来。如今穿吊带袜的女人,岂不是《阁楼》(Penthouse)上面的模特之类吗?

"就赤身裸体好了,别动。"我说。

四分钟。

"下面的毛还湿着呢,"女郎说,"没使劲用毛巾擦,所以还湿着。暖融融湿乎乎的,柔软得很咧。很黑很黑,毛毛柔柔,摸摸看……"

"喂,对不起……"

"那里面要温暖得多哩,就像一块加热了的奶油糕,湿乎乎暖乎乎的,不骗你。猜我现在什么姿势?右腿支起,左腿打横,用时针打比方,也就十点零五分左右吧。"

从语气听来,显然她并非说谎。她真的是两腿开成十点零五分角度，下部温暖而湿润。

"摸一下**唇**，慢慢的哟，再打开，慢慢地。用手指肚轻轻触摸。对了，轻轻地轻轻地。再用另一只抓弄乳房，由下而上，慢慢推压，轻轻捏住乳头，反复捏，捏到我**达到高潮**为止。"

我再不言语，放下电话。随后倒在沙发上，望着天花板吸了支烟。手表此时显示停在五分二十三秒。

闭上眼睛，仿佛涂得乱七八糟的各种颜料般的黑暗朝我身上压来。

这是为什么？我想，为什么大家都不肯轻易把我放过？

十分钟后电话铃再度响起。这回我没提听筒。铃声响了十五次，止息了。铃声咽气后，重力失去均衡般的深深的沉默充溢四周。那是五万年前封在冰河里的石头一样的沉默。响十五次的电话铃声彻底改变了我周围空气的质地。

快两点时，我翻过预制板院墙，跳进"胡同"。

说是"胡同"，其实算不上真正意义上的"胡同"，不过是**别无**其他称呼的代名词罢了。准确说来，连道路都算不上的。道路乃是一种通道，有入口有出口，顺之而行即可抵达某一场所。

147

然而这条"胡同"却一无入口二无出口，顺之前行，碰上的不是预制板墙就是铁丝篱笆，甚至称为死胡同都当之有愧。因为死胡同至少有个入口。附近的人们只不过姑且称其为胡同罢了。

"胡同"飞针走线似的穿过各家后院，长约二百米。路面虽有一米多一点宽，但由于围墙外占，加之墙上放了诸多杂物，致使好几处须侧起身子方得通过。

听人说——说的人是我舅舅，他以低廉得惊人的租金将房子租给我们，"胡同"也曾有过入口出口，作为捷径发挥过连接此路与彼路的功能。但随着经济起飞，原为空地的地方建起了新的住宅，路面受压被挤，骤然变窄。而居民们也不喜欢别人在自家前檐后院出出入入，小径便被封死了。起始只是不甚起眼的掩体样的东西挡人视线，后来有户人家扩展院落，索性用预制板墙体将一端入口堵得严严实实，进而另一端入口两相呼应似的也被牢不可破的粗铁丝网封死，狗都休想通过。居民们本来就很少利用这条通道，堵住两端也无人说三道四，何况又利于防盗。因此，如今这条通道俨然被废弃的运河一般无人光顾，唯一的作用便是作为缓冲地带将住宅与住宅分隔开来。路面上杂草丛生，处处挂满了黏乎乎的蜘蛛网在等待飞虫撞来。

妻是出于什么目的数次出入这种地方的，我全然揣度不出，连我以前也仅仅踏入这"胡同"一次。再说她原本就讨厌蜘蛛。

糟糕的是每当我要考虑什么，脑袋里便充满坚硬而又状似片片浓雾样的东西，两侧太阳穴涨得厉害。这是因为昨夜没有睡好，以及五月初未免过热的天气，再加上那个奇妙的电话。

也罢，反正找猫就是。以后的事以后考虑不迟。况且较之守在家中等电话铃响，如此在外面四下游逛要快活得多，至少算是在干一件有目的的事情。

初夏异常亮丽的阳光，将头顶树枝的影子斑斑驳驳地印在地上。无风，树影看上去竟如生来便固定于地表的**斑痕**。说不定地球将带着这微乎其微的**斑痕**绕太阳转下去，一直转到公历变成五位数。

从树枝下通过时，斑驳的枝影迅速爬过我的灰 T 恤，落回原来的地表。

周围阒无声息，仿佛草叶在阳光下呼吸的声音都可听到。天空飘浮着几片不大的云絮，鲜明而简洁，宛如中世纪铜版画上的背景。目力所及，所有物象无不历历在目轮廓分明，竟使我感觉自家肉体似乎成了虚无缥缈的什么物件，且热得出奇。

我穿的是T恤、薄棉布裤和网球鞋，但头顶太阳行走多时，腋下胸口还是津津地沁出汗来。T恤和裤子都是早上从塞满夏令衣服的箱子里刚刚拉出来的，樟脑丸味儿直呛鼻孔，简直像有形状的尖尖的小飞虫钻入我的鼻腔。

我小心翼翼地观察两侧，以均匀的步调在胡同里慢慢行走，不时停下脚步，低声呼唤猫的名字。

挟胡同而建的房屋，恰如比重不同的液体搀在一起，分属两个截然有别的范畴。一组是拥有舒展宽大庭园的老屋，一组是近年来新建的紧巴巴的新房。新房基本上没有可称为后院的空地，有的甚至连一小片院子都没有。那样的人家，房檐同胡同之间只有摆得开两根晾衣竿大小的空间。晾衣竿有的甚至伸进胡同，须不时在还滴着水滴的毛巾衬衣床单的队列中穿梭般前行。房檐下间或清晰地传来电视和冲水马桶的声响，或飘来烧咖啡的味道。

相形之下，原有的老屋则几乎感觉不出生活气息，墙根那儿，为掩人视线而栽植的各种灌木和龙柏搭配得恰到好处，透过间隙可以窥见精心修整过的舒展的庭园。正房的建筑风格也多种多样，有带长廊的日本式，有古色古香的铜屋顶洋房，也有像是最近改建的时髦样式。但它们有一点是共同的，那就是看不到入住者的身影。无任何声音，无任何气味，甚至晾的衣服都找不见。

如此悠悠然一边观察四周一边在胡同行走是第一次，因此周围景物在我眼里甚是新鲜。一家后院墙角里孤零零地扔着一棵早已枯焦的圣诞树。还有一家院里摆着种类齐全的儿童玩具：三轮车、套圈、塑料剑、皮球、龟形偶人、小棒球棍、木车，应有尽有，俨然若干男女以此来传达他们对少年时光的留恋之情。也有的院子里安有篮球架。还有的摆有漂亮的花园椅和瓷桌。白色的花园椅怕是闲置了好些个月（或好些年），上面满是灰尘。桌上粘着被雨打落的紫色的木兰花瓣。

还有一家，可以透过铝合金玻璃窗一览居室内部：一套肝脏颜色的皮沙发，一台大屏幕电视，一个博古架（上面有热带鱼水箱和两个什么奖杯），一盏装饰性落地灯，俨然电视剧中一组完整的道具，很有虚构意味。

另一院落里有座养大狗用的偌大的狗舍，里面却不见有狗，门大敞四开。粗铁丝网胀鼓鼓的,大约有人从里面凭靠了数月之久。

妻说的空屋在这有狗舍人家的稍前一点。是空屋这点一眼即可了然,而且并非空了两三个月那种一般的空。其实房子式样颇新,双层,唯独关得风雨不透的防雨窗显得格外旧,二楼窗外的铁栏杆也生出一层红锈。院落不大,放着显然是展翅飞鸟形状的石雕。石雕鸟坐在齐胸高的台座上,周围是气势蓬勃的杂草,尤其是高个子的一枝黄花[1],尖头已触到了鸟爪。鸟——是何种属我固然不晓——看上去是在为尽早尽快逃离这难受的场所而展翅欲飞。

除此石雕,院里再无像样的装饰。房檐下堆着几把旧塑料花园椅。旁边,**杜鹃**缀着色彩鲜艳却又无端地缺乏实在感的红花。此外便是满目杂草了。

我靠着齐胸高的铁丝篱笆看这院子看了好一会。院子看来的确符合猫的口味,却不见猫。唯见房脊电视天线上落有一只鸽子,在向四周播送单调的鸣声。石雕鸟则把姿影投在茂密的杂草叶片上,于是影子被弄得支离破碎。

我从衣袋里掏出烟,用火柴点燃,靠着铁丝篱笆吸了一支。这

---

[1] 一种菊科植物。顶端为黄色。

段时间里，鸽子始终站在天线上以同样的调门叫个不停。

吸罢烟在地面踩熄烟头之后，我想我仍然站在那儿一动不动来着。我记不清自己在铁丝篱笆上靠了多久。我困得不行，脑袋昏昏沉沉，几乎一直不思不想地在盯视落在草叶上的鸟影。

鸟影中似乎有谁的声音偷偷潜入。是谁的声音我不清楚，但那是女子的话音，像有一个女的在呼唤我。

一回头，见对面人家后院里站着一个女孩，个子不高，头发直直的、短短的，架一副米黄框深色太阳镜，穿一件淡蓝色无袖T恤，从中探出的两条细细的胳膊，虽是五月却已晒得完美动人。她一只手插进短裤袋，一只手扶着齐胸的对开竹门，不安稳地支撑着身体。

"热啊！"女孩对我说。

"是热。"我附和道。

"嗳，身上有烟？"女孩问我。

我从裤袋里掏出一盒短支"希望"递过去。她从短裤袋里掏出手，抽了一支，不无珍奇地端详了一会，叼在嘴上。嘴很小，上唇稍微有点肿。我擦燃火柴，给她点上。女孩低头时，可以清晰地看到她的耳形。耳朵很漂亮，光溜溜的，仿佛刚刚生成，短短的茸毛在单薄的耳轮边缘闪着光。

女孩训练有素似的撅起嘴唇吐了口烟，突然想起似的抬眼看着我。镜片颜色太深，加上有反光功能，无法透视里边的眼睛。

"附近的？"女孩问。

"是啊。"我想指一下自家方位，却又搞不准究竟位于哪个方向。来时拐了好几个弯，且弯的角度均很奇妙。遂虚晃一枪，随便指了个方向。反正都差不许多。

"在这一直干什么来着？"

"找猫，不见三四天了。"我在裤子上擦着出汗的手心答道，"有人在这边看见过。"

"什么样的？"

"大公猫。褐色花纹，尾巴尖有点儿弯曲，还秃了。"

"名字？"

"名字？"

"猫的名字呀！有名字的吧？"女孩从太阳镜里面定定地注视我的眼睛——我想是注视。

"阿升,"我回答,"渡边升。"

"就猫来说,名字倒满气派。"

"老婆哥哥的名字。感觉上类似,就开玩笑叫开了。"

"怎么个类似法?"

"反正有点类似。走路姿势啦,惺忪的眼神啦……"

女孩这才好看地一笑。一笑,远比一开始的印象有孩子气,也就十五六岁吧。略微发肿的上唇以莫可名状的角度朝上翘起。

于是我好像听到了那声**"摸一下"**。那是电话女郎的话音。我用指甲刮去额头的汗。

"褐色花纹,尾巴尖儿有点弯曲,是吧?"女孩确认似的重复道,"可有项圈什么的?"

"有个防虱用的,黑色。"

女孩一只手仍扶着对开门,沉思了十至十五秒,随后将吸短的香烟一闪扔在地上。

"能给踩死?我,打赤脚呢。"

我用网球鞋底小心地踩死了烟头。

"那样的猫嘛,我想我有可能见过。"女孩一字一板地说,"尾巴怎么个弯法倒没看清，总之是虎皮色，大大的，项圈大概也戴着。"

"什么时候见的？"

"呃——什么时候来着？反正见过几次。我一直在这里晒日光浴来着，具体什么时候分不大清，也就是近三四天吧。我家院子成了附近猫们的通道，很多猫时常走来走去。全都从铃木家的墙根出来，穿过我家院子，进到那边宫胁家院子去了。"

女孩说着，指了指对面的空屋。石雕鸟仍在那里展翅欲飞，一枝黄花仍在那里受用初夏的阳光，鸽子仍在电视天线上单调地鸣叫不已。

"谢谢你的指点。"我对女孩说。

"嗳，怎么样，不来我家院里等等？反正猫要穿过我家院子往那边去的。再说总在这里东张西望的，会被人看成小偷报告警察的哟！这以前都有过好几次了呢。"

"可总不好进生人院子里等猫。"

"不怕，家里就我一个，正发愁没人说话呢。两人在院子里一边晒日光浴一边等猫不就行了！我嘛，眼睛好使，正派上用场。"

我看了看表。二时三十六分。今天未完成的工作，只剩天黑前将洗晒衣物收回和准备晚饭了。

"也好，那就让我等到三点。"我没摸清情况便说道。

我打开栅门进去，随女孩走上草坪。这时才发觉她右腿有点儿跛，弱小的肩头如机器的曲轴一般朝右侧有规则地摇晃。每走几步，女孩就停下回头看我，叫我挨她旁边走。

"上月出的事故，"女孩无所谓似的说，"坐在摩托车后头甩出去摔的，没坐稳。"

草坪上并放着两把帆布折叠椅，一把靠背上搭一条蓝色的大毛巾，另一把上面杂乱地放着一盒红壳子的"万宝路"、烟灰缸、打火机、大型收录机和杂志。收录机开着，扩音器正低声传出我听不懂的硬摇滚。

女孩把帆布椅上散放的东西移到草坪上，叫我落座，关上收录机。坐在椅子上，可以从树木空隙看到一胡同之隔的空房。石雕鸟、一枝黄花、铁丝墙也全部跃入眼帘。我猜想，女孩大概坐在这里监视我来着。

院子挺大，草坪呈徐缓的坡面舒展开去，到处点缀着树木。帆布椅左边有个相当大的混凝土水池,大约水已放空很久了,变成浅绿色的池底,兀自对着太阳。身后树木的后边可以看到一座优雅地遮去棱角的旧洋房式正房,房子本身并不很大,结构也不显豪华,唯独庭院宽阔,修整得无微不至。

"过去给草坪修剪公司打过零工。"我说。

"咦?"女孩似乎并无兴趣。

"这么大的庭院,修剪起来怕够辛苦的吧?"我环顾着四周问道。

"你家没院子?"

"有个小小的,只能栽两三丛绣球花。"我说,"总是你一个人?"

"嗯,是啊。白天总我一个人在这儿。早晨和傍晚有个帮忙搞家务的老婆婆来,剩下时间就我一个。你,不喝点什么冷饮?啤酒也有的。"

"不,不必了。"

"真的,用不着客气。"

"嗓子不渴。"我说,"你不去上学?"

"你不去工作？"

"去也没工作。"

"失业了？"

"算是吧，最近辞了。"

"辞之前做什么来着？"

"给律师跑腿学舌。"说着，我做了个深呼吸，以使过快的语流放慢下来，"或去政府和机关收集各类文件，或整理资料，或核对案例，或办理法院的事务性手续，尽是一些杂事。"

"可还是不做了？"

"是啊……"

"太太工作？"

"工作。"我说。

我掏出烟衔在嘴上，擦火柴点燃。附近树上有拧发条鸟叫，拧了十二三遍发条之后，移到别处的树上去了。

"猫常从那里经过。"女孩手指草坪的那一端，"看得见铃木家院墙后面的焚烧炉吧？就从那旁边冒头，一直顺着这草坪走来，再钻过对开门，朝那边院子走去，路线就这一条。对了，那位铃木太太的丈夫,是位大学老师,还上过电视呢,认识?"

"铃木?"

女孩向我介绍了铃木,但我不晓得这个人。

"电视几乎不看的。"我说。

"讨厌的一家!"女孩说,"摆一副名人架势,上电视的全都是骗子。"

"是吗?"

她拿起那盒万宝路,抽出一支,并未点火,在手中转动了半天。

"啊,里边好人也许能有几个,可我不喜欢。宫胁先生倒是个好人来着,太太人也好。丈夫经营两三家适合全家人聚餐的饭馆。"

"怎么人没了?"

"不晓得,"女孩用指甲弹着烟头说,"怕是负债什么的吧,慌里慌张地跑掉不见了,不见都差不多两年了。房子扔在那里不管,猫又多,怪怕人的,妈常发牢骚。"

"有那么多猫?"

女孩把烟叼在嘴上,用打火机点燃,点点头。

"好多种咧,秃毛的、单眼的……眼珠掉了,那儿成了个肉块。不得了吧?"

"不得了。"我说。

"我的亲戚里还有六根指头的呢。是个比我年龄大点儿的女孩,小指旁又生出一根来,活像婴儿指头。不过平时总是灵巧地蜷起,不细心发现不了。好漂亮的女孩呢!"

"唔。"

"那东西你说可是遗传?怎么说呢……血统上。"

"不明白。"我说。

随后她默然良久。我一边吸烟,一边定定地注视着猫的通道。猫一只也没露面。

"嗳,你真的不喝点什么?我可要喝可乐喽。"女孩说。

我说不要。

女孩从帆布椅上起身,轻轻拖着腿消失在树荫里。我拿起脚下一本杂志啪啦啪啦翻了翻。出乎意料,居然是以男人为对象的月刊。中间一幅摄影图片上,一个只穿轻薄内裤、隐约可见隐秘处的形状和毛丛的女子坐在凳子上,以造作的姿势大大张开两腿。罢了罢了!我把杂志放回原处,双臂抱在胸前,目光重新对准猫的通道。

过了好些时间,女孩才手拿可乐杯返回。她已脱去阿迪达斯T恤,只一条短裤、一副比基尼泳装胸罩。胸罩是小号的,可以清楚地看出乳房的形状,背部系条细绳固定着。

这确是个炎热的午后,如此在帆布椅上一动不动地晒太阳,只见灰T恤到处给汗水渗得一块块发黑。

"嗳,要是你晓得自己喜欢的女孩有六只手指,你怎么办?"女孩继续刚才的话题。

"卖给马戏团!"我说。

"当真?"

"说着玩嘛,"我笑道,"我想大概不会介意。"

"即使有遗传给后代的可能?"

我略一沉吟,"我想不至于介意。手指多一根也碍不了什么。"

"乳房要是有四个呢?"

我就此也沉吟了一番。"不知道。"我说。**乳房有四个**？看样子她还要絮絮不止，于是我转变话题："你十几？"

"十六。"女孩道，"刚刚十六。高一。"

"一直没去上学？"

"走远了腿疼，况且眼旁又弄出块伤疤。学校可烦人着呢，要是知道是从摩托车上掉下摔的，又要给人编排个没完……所以嘛，就请了病假。休学一年无所谓，又不是急着上高二。"

我"唔"了一声。

"话又说回来，你是说同六指女孩结婚没什么要紧，但讨厌有四个乳房的，对吧？"

"我没说讨厌，是说**不知道**。"

"为什么不知道呢？"

"想象不好嘛。"

"六只手指就能想象得好？"

"总可以的。"

"能有什么差别？六只手指和四个乳房？"

我想了想，但想不出合适的说法。

"哦，我是不是问多了？"她从镜片后面盯视我的眼睛。

"给人这么说过？"

"有时候。"

"问不是坏事。一问，对方也要考虑什么的。"

"但大部分人什么也不考虑。"她看着脚尖说，"不过适当应付罢了。"

我暧昧地摇了下头，把视线收回到猫的通道。我在这里到底算干什么呢？我想。**猫岂非一只也未出现！**

我双手叉在胸前，闭目二十至三十秒。紧紧合起眼睛，觉得身体没一个部分不在冒汗。额头、鼻下和脖颈有一种相斥感，就好像贴有湿淋淋的羽毛。T恤如无风之日的旗帜一般有气无力地偎在我胸口。太阳光带着奇异的重量倾泻在我的身上。女孩晃了下玻璃杯，冰块发出牧铃般的响声。

"困了你就睡，猫亮相了我叫醒你。"女孩小声道。

一时间，四下万籁俱寂。鸽子也罢拧发条鸟也罢都已远走高飞。没有风，甚至汽车排气声也听不到。这时间我一直在考虑那个电话女郎。**莫非我真的认识她**？

但我没办法想起她来。简直如同乔治·德·基里科（Giorgio de Chirico）[1]画中的情景，唯独女子的身影穿过马路，长长地朝我伸来，而实体却在我意识之外。电话铃声在我耳畔响个不停。

"喂，睡过去了？"女孩问，声音低得几乎听不见。

"没有。"

"再靠近点可以么？还是小声说话觉得轻松。"

"没关系的。"我一直闭着眼睛。

女孩把自己的帆布椅横向移过，像是紧贴在我的椅上，"吭"一声发出木框相碰的干响。

奇怪！睁眼听得的女孩声调同闭眼听得的竟全然不同。我到底怎么了？这情形还是头一遭。

"稍微说点什么好么？"女孩道，"用极小的声音说。你不应声也可以，听着听着睡过去也不怪你。"

"好的。"

"人死是很妙的吧？"

女孩贴在我耳旁说，话语连同温暖湿润的气息一起静静地沁入

---

[1] 意大利画家（1888—1978）。

我的肌体。

"什么意思？"我问。

女孩一根手指放在我唇上，像要封住我的嘴。

"别问，"她说，"现在不想给你问，也别睁眼睛，明白？"

我用和她同样小的声音点头答应。

女孩的手指从我嘴唇上移开，这回放在我腕上。

"我很想用手术刀切开看看。不是死尸，是**死那样的块体**。那东西应该在什么地方，我觉得。像垒球一样钝钝的，软软的，神经是麻痹的。我很想把它从死去的人身上取出切开看个究竟。里边什么样子呢，我常这样想。就像牙膏在软管里变硬，那里头会不会有什么变得硬邦邦的？你不这样认为？不用回答，不用。外围软乎乎的，只有那东西越往里越硬。所以，我想先将表皮切开，取出里面软乎乎的东西，再用手术刀和刮刀样的刀片把软乎乎的东西剥开。这么着，那软乎乎的东西越往里去越硬，最后变成一个小硬核，像轴承的滚珠一样小，可硬着呢！你不这样觉得？"

女孩小声咳了两三下。

"最近我时常这么想，肯定是每天闲着没事的关系。什么事都没得做,思想就一下子跑得很远很远。远得不着边际,从后面追都追不上。"

女孩把放在我腕上的手移开,拿杯子喝剩下的可乐。从冰块的声响可以知道杯子已经空了。

"不要紧,猫给你好好看着呢,放心。渡边升一亮相就马上报告,只管照样闭眼就是。这工夫,渡边升肯定在这附近散步呢——猫总在同一地方散步——一会儿保准出现。一边想象一边等待。**渡边升正在靠近这儿。**穿过草地,钻过篱笆,时不时停下来嗅嗅花香,正步步朝这边走来——就这样想象一下。"

我按着她说的,试图在脑海中推出猫的形象来。可我想象出来的猫,终不过是逆光照片般极为模糊的图像。一来太阳光透过眼睑将眼前的黑暗弄得摇摇颤颤,二来任凭我怎么努力也无法准确地想出猫的形象。想出来的渡边升活像一幅画得一塌糊涂的肖像画,不伦不类,面目全非。特征虽不离谱,关键部位却相去甚远,甚至走路姿态也无从记起。

女孩将手指再次放回我手腕,在上面画着变换不定的图形。而这样一来,一种和刚才种类不同的黑暗和图形与之呼应似的潜入我的意识。大概是自己昏昏欲睡的缘故,我思忖。我不想睡,却又好像不能克制,无论我用怎样的办法。在这勾勒着舒缓曲线的帆布椅上,我觉得身体重得不成样子。

如此黑暗中,唯见渡边升的四条腿浮现出来。那是四条安静的褐毛腿,脚底板软绵绵厚墩墩的。便是这样的脚无声无息地踩着某处的地面。

何处的地面?

你不认为你脑袋里什么地方有个致命的死角? 女郎静静地说。

睁眼醒来,只剩我一人。旁边紧靠的帆布椅上已不见了女孩。毛巾、香烟和杂志倒是原样,可乐杯和收录机则消失了。

太阳略微西斜,松树枝影探到了我的膝部。手表上是三时四十分。我像摇晃空易拉罐似的晃了几下头,从椅上欠身打量四周:景致同最初见到时一模一样,舒展的草坪、无水的水池、院墙、石雕鸟、一枝黄花、电视天线。无猫,亦无女孩。

我坐在草坪有阴影的地方,一边用手心抚摸青草坪一边眼盯猫的通道,等女孩回来。十分钟过去了,猫和女孩均无动静。周围一切都静止了。到底怎么办好呢？我拿不定主意。睡过去的时间里，我好像一下子老了许多。

我站起身，朝正房那边望去。同样一片沉寂，唯独凸窗玻璃在西斜阳光下闪闪耀眼。无奈，我穿过草坪，走进胡同，返回家来。猫没觅得，但觅的努力我已尽了。

回到家，马上把晾的衣物收回，为晚饭做了下准备，然后坐在客厅的地板上靠着墙看晚报。五时半，电话铃响了十二次，我没拿听筒。铃声止息后，余韵仍如尘埃在房间淡淡的黄昏中游移。座钟则以其坚硬的指甲尖击打着浮于空间的透明板。简直是机器驱动的世界，我想。**拧发条鸟**一天赶来一次，拧动世界的发条。我一个人在这世界中变老，让犹如白色垒球般的死越胀越大。即使在我于土星和天王星之间酣然大睡的时间里，拧发条鸟们也仍然在忠实履行自己的职责。

蓦地，我想不妨写一首关于拧发条鸟的诗。然而最后一节怎么也抓挠不出。何况女高中生们不至于欢喜什么拧发条鸟诗，她们还不知道拧发条鸟本身的存在。

妻回来是七时半。

"对不起，加班来着。"妻说，"有个人的学费缴纳凭证怎么也找不到了，来帮工的女孩固然马虎，但毕竟算是我份内的事。"

"没什么。"我说。我进厨房做黄油烤鱼、色拉和味噌汤。这时间里，妻坐在厨房桌前看晚报。

"噢，五点半时你可出去了？"妻问。"打电话来着，想告诉你晚点回家。"

"黄油没了买去了。"我说谎道。

"顺便到银行了？"

"当然。"我回答。

"猫呢？"

"没找到。"

妻道了声："是吗？"

饭后我洗完澡出来，见妻在熄了灯的客厅的黑暗中孤单单地坐着。穿灰色衬衫的她如此在黑暗中静静地缩起身子，简直就像一件被扔错地方的行李。我觉得妻甚是可怜，她被扔在了阴差阳错的地方，若在别的地方，或许能幸福些。

我拿浴巾擦头发，在她对面的沙发上坐下。

"怎么了？"我问。

"猫肯定没命了。"妻说。

"不至于吧，"我说，"在哪里游逛呢！肚子饿了就会回来的。以前不也同样有过一次吗？住在高圆寺时就……"

"这次不同，我知道的。猫已经死了，正在哪片草丛里腐烂。空屋院里的草丛可找过了？"

"喂喂，屋子再空也是人家的，怎么好随便进去呢！"

"是你弄死的。"妻说。

我叹口气，又一次用浴巾擦头发。

"猫是你见死不救才死的。"她在黑暗中重复道。

"我不明白，"我说，"猫是自己不见的，不是我造成的。这个你也知道的嘛。"

"你，是不怎么喜欢猫对吧？"

"那或许是的。"我承认，"至少没有喜欢到**你那个程度**。不过，我没有欺负过那只猫，每天还好好喂它。**是我**喂它的。虽说不特别喜欢，可也不至于弄死它。那么说起来，岂不成了世界上大部分人都是我弄死的!"

"你就是那样的人,"妻说,"经常经常那样,自己不动手地弄死很多东西。"

我想说点什么,但知道她哭了,只好作罢。我把浴巾扔进浴室的衣篓,进厨房从冰箱里拿啤酒喝着。一塌糊涂的一天,一塌糊涂的年度的一塌糊涂的月份的一塌糊涂的一天。

渡边升啊,你这家伙在哪呢?拧发条鸟已不再拧你的发条了不成?

简直是一首诗:

渡边升啊,

你这家伙在哪呢?

拧发条鸟已不再拧

你的发条了不成?

啤酒喝到一半,电话铃响了。

"接呀!"我对着客厅的黑暗吼道。

"不嘛，你接嘛！"妻说。

"懒得动。"我说。

没人接，电话铃响个不停。铃声迟滞地搅拌着黑暗中飘浮的尘埃。此间我和妻都一言未发。我喝啤酒，妻无声地啜泣。我数至二十遍，便不再数了，任铃声响去。总不能永远数这玩意儿。

PAN-YA SAISHUGEKI
by Haruki Murakami
Copyright © 1986 Harukimurakami Archival Labyrinth
All rights reserved.
Originally published in Japan by Bungeishunju Ltd., Tokyo.
Chinese (in simplified character only) translation rights arranged with
Harukimurakami Archival Labyrinth, Japan
through THE SAKAI AGENCY and BARDON CHINESE CREATIVE AGENCY LIMITED.

图字：09–2000–467号

图书在版编目（CIP）数据

再袭面包店/（日）村上春树著；林少华译. —上海：上海译文出版社，2021.9（2025.4重印）
ISBN 978–7–5327–8806–4

Ⅰ.①再… Ⅱ.①村… ②林… Ⅲ.①短篇小说—小说集—日本—现代 Ⅳ.①I313.45

中国版本图书馆 CIP 数据核字（2021）第 155690 号

再袭面包店
［日］村上春树 著 林少华 译
责任编辑/姚东敏 装帧设计/千巨万工作室

上海译文出版社有限公司出版、发行
网址：www.yiwen.com.cn
201101 上海市闵行区号景路159弄B座
上海新华印刷有限公司印刷

开本 890×1240 1/32 印张 6 插页 2 字数 68,000
2021年10月第1版 2025年4月第3次印刷
印数：12,001–13,500 册

ISBN 978–7–5327–8806–4
定价：48.00 元

本书中文简体字专有出版权归本社独家所有，非经本社同意不得连载、摘编或复制
如有质量问题，请与承印厂质量科联系。T：021–56324200